Peng! In diesem Sommer knallt es. Max ist seit kurzem Lehrer, aber das hat nichts daran geändert, dass er noch immer am liebsten lethargisch vor dem Fernseher rumhängt und Tierfilme schaut. Doch dann kommt der Anruf seiner Eltern: Er soll Haus und Hund hüten, während sie in Griechenland sind. Als er sich auf den Weg macht, ahnt er noch nicht, dass er von Süddeutschland weiter nach Kreta reisen wird, sich in New York den Geistern der Vergangenheit stellen muss und dass Jan und Maria wieder in sein Leben treten – zwischen den beiden konnte er sich schon vor 15 Jahren nicht entscheiden. Fabian Hischmann erzählt sanft und melancholisch von kleinen und großen Abgründen, denen, über die wir hinwegtänzeln und denen, in die wir fallen – denn sie liegen in uns.

Fabian Hischmann, geboren 1983 in Donaueschingen, lebt in Berlin. Er studierte Kulturwissenschaften und Literatur in Hildesheim und am Deutschen Literaturinstitut in Leipzig. 2011 erhielt er das Bremer Autorenstipendium, und 2013 war er Teilnehmer der Jürgen-Ponto-Werkstatt. Kurzgeschichten in verschiedenen Zeitschriften und Anthologien. *Am Ende schmeißen wir mit Gold* ist sein Debütroman.

FABIAN
HISCHMANN

AM ENDE SCHMEISSEN WIR MIT GOLD

Roman

Berlin Verlag Taschenbuch

MIX
Papier aus verantwortungsvollen Quellen
FSC® C019821
FSC
www.fsc.org

Mai 2015

Umschlaggestaltung: ZERO Werbeagentur, München unter Verwendung zweier Motive von gettyimages/ Flickr Open/Rubén »Chase« Carbó
Druck und Bindung: Druckerei C.H.Beck, Nördlingen
Printed in Germany
ISBN 978-3-8333-1026-3

www.berlinverlag.de

Für Daniel.

»Die Zivilisation ist das Allerletzte.«
Mathias Hartmann

»Up on a hill is where we begin
This little story a long time ago
Stop to pretend, stop pretending.«

The Strokes
The Modern Age

Ich gebe Gas.
Vor mir liegen meine blutigen Hände in vorschriftsmäßiger Zehn-vor-zwei-Stellung auf dem Lenkrad. Das Blut gehört Tim, einem Jungen aus dem Nachbarort. Er sitzt auf dem Beifahrersitz, auf Marias Schoß. Sie drückt ein nasses Tuch gegen seine Nase und sagt immer wieder, dass es ihr leidtut. Dabei war ich der Schütze. Aber mir tut es ja auch nicht leid. Es war schließlich eine Schlacht, und Schlachten fordern Opfer. Tim und seine Freunde haben uns angegriffen und wir haben zurückgeschlagen, so läuft das Spiel. Und heute haben vier zehnjährige Indianer diese Lektion gelernt. »Oh Mann, Flieger, du kannst es einfach nicht lassen ...«, hat Jan gesagt und dabei gegrinst.

Tim heult und sagt, dass er nicht sterben will. »An einer gebrochenen Nase stirbt man nicht«, versucht ihn Maria zu beruhigen. »Mama«, wimmert er. »Wenn wir im Krankenhaus sind, rufe ich sie an«, sagt sie, streicht ihm über die Wangen und verschmiert dabei seine Kriegsbemalung. »Wie lange dauert es noch?«, schluchzt er. Ich will antworten, dass es nie aufhört, und sage: »Da vorn ist der Parkplatz.«

Erster Teil: Sommerferien

1

Ich bin ein großer Fan der Tierwelt. Darum sehe ich im Fernsehen am liebsten Dokumentationen, in denen Löwen mit Krokodilen um das letzte Wasserloch kämpfen, Eisbären Robben reißen, Kakadus umeinander balzen oder der Schlammspringer, so ein merkwürdiges Hybridwesen, Löcher in seinen morastigen Lebensraum frisst.
Gerade beobachte ich in gestochen scharfen Bildern die Geburt von acht Stachelschweinbabys und bin zu gleichen Teilen gerührt wie angewidert.
Das pralle Leben flimmert über den Bildschirm, und ich hänge als blasses Gegenstück auf dem Sofa, zwirble meinen Schwanz und das Schamhaar, lutsche alte, hart gewordene Gummibärchen.
In dem Moment, als ein Leopard ein Gnu zerfleischt, läutet das Telefon, und ich bin richtig sauer und will es ignorieren. Aber ein kleiner Funke Gespanntheit lässt mich schließlich doch aufstehen und den Hörer abnehmen.

»Hallo.«
»Hallo Max, ich bin's, Papa.«
Ich ziehe meine Hand so schnell aus der Hose, dass ich mir selbst einen leichten Kinnhaken verpasse. Ich muss mir unbedingt ein moderneres Telefon besorgen. Eine Rufnummernerkennung macht definitiv Sinn.
»Papa, hallo.«
»Was macht der Lehrer in den Ferien?«

Ich könnte versuchen, mich wieder zu verlieben, oder einfach nur so mit jemandem Sex haben. Ich könnte verreisen. Nach Neapel oder Wien oder Lissabon. Alles Städte, in denen ich noch nie war. Valentin sagt, dass das traurig ist.
Ich könnte die Nachbarjungs fragen, ob sie mich auch mal mit ihrer Gaspistole schießen lassen, zum Beispiel in ihre Stereoanlage, die mich jede zweite Nacht mit Dubstep in den Wahnsinn treibt. Ich könnte endlich kündigen, selbst Dubstep auflegen und die Nachbarn einladen, darauf hoffen, dass sie Freundinnen mitbringen würden. Freundinnen, mit denen man einfach so Sex haben könnte.
Ich könnte mich einfach mal bewegen.
»Nix eigentlich«, sage ich.
»Aha«, sagt mein Vater.
Wir räuspern uns beide und ich bemerke, dass meine Hand schon wieder in der Unterhose herumfummelt, ohne dass ich sie bewusst dahin gesteuert habe.
»Sonst geht's dir aber gut?«
»Eigentlich schon, ja.«
»Eigentlich?«
»Es geht mir gut.«
Mein rechter Hoden kommt mir leicht vergrößert vor.
»Max?«
Wieder ziehe ich meine Hand aus der Unterhose und mache diesmal eine präventive Faust.
»Bist du noch dran?«
»Ja, bin noch dran ... und Mama, wie geht's der?«
»Der geht's gut. Gießt gerade Blumen.«
Wir räuspern uns noch einmal, und ich ixe die Beine, schiebe die Hüfte nach vorne, ein Knacken im Rücken.
»Du hast also noch keine Pläne für den Sommer?«
»Nein, nichts Konkretes bis jetzt.«

»Das ist gut.«
»Wieso?«
»Also es ist so: Mama und ich wollen zwei Wochen wegfliegen, nach Kreta. Du müsstest solange auf Lio aufpassen.«
»Oh.«
»Ja, Brückners sind zur gleichen Zeit im Urlaub, und genau genommen ist es ja dein Hund.«
Ich starre in ein Staubnest zwischen den Kabeln am Boden.
»Maximilian?«
»Ja, Papa. Ab wann denn?«
»Nächsten Montag.«
»Okay.«
In seinem Hintergrund ruft meine Mutter, in meinem brüllt ein Leopard.
»Du bist ihr Schatz.«
»Ja.«
»Ich kann mich drauf verlassen?«
»Sicher.«
»Schön. Also, bis nächste Woche.«
»Bis nächste Woche, Papa.«
»Ach, und, Max ...«
»Ja?«
»Der Fernseher ist viel zu laut.«

Meine Eltern wissen, dass nicht viel mit mir los ist. Normalerweise beunruhigt sie das, gerade sind sie wohl glücklich darüber. Ich stelle den Fernseher auf volle Lautstärke. Das Traben eines Nashorns wummert bis ins Mark.

2

Ich ziehe alle Stecker, gebe den Pflanzen frisches Wasser und schließe zweimal ab.
In der Straßenbahn stinkt es nach Pisse, Bierflaschen rollen in den Kurven über den Gang, ein verdrecktes Trikot ist um eine Haltestange geknotet.
Am Sielwall funkeln Scherben auf dem Kopfsteinpflaster, ein Fahrradkurier fährt quer über die Gleise.
Es ist nicht Valentin.
Der Straßenbahnfahrer klingelt ihm verärgert hinterher.

Der ICE rollt über flaches Land. In Niedersachsen halten wir auf einer Brücke, Signalstörung, eine Gruppe Kanuten winkt aus dem Strom nach oben.
Als ich zwischen Fulda und Hanau aus einem gekrümmten Schlaf erwache, schaue ich in die Augen eines popelnden Kindes. Es sitzt schräg gegenüber und isst den Schnodder. Sein Blick ist tief und böse.
Das Ende der Sommerferien macht mir Angst.

Frankfurt am Main und seine Hochhäuser rücken näher, ich schiebe die DVD in den Rechner: Jacques Cousteau steht am Bug der Calypso und blickt auf den Ozean.

Mit jedem Halt werden die Bahnhöfe kleiner, die Berge immer höher.
Der Schaffner kontrolliert mich. Er spricht den regionalen

Dialekt und hat eine leichte Fahne. Vor den Fenstern wirbeln Pollen, fällt der dichte Nadelwald in Schluchten. Ich sehe Radfahrer auf steilen Straßen, die sich etwas beweisen wollen. Frisch geschorene Schafe dösen am Hang, die Sonne steht hoch und scheint auf meine nackten Beine. Kurz überlege ich mich einzucremen. Als würde ich in den Urlaub fahren.

Die Gleise verlaufen im letzten Streckenabschnitt parallel zu einem schmalen Quellfluss der Donau. Als ich ihm das letzte Mal beim Fließen zugesehen habe, war der Pegelstand sehr niedrig und die Algenpopulation enorm.
Vor noch viel längerer Zeit spielten Maria und ich vom Ufer aus »Wer weiter spucken kann«. Ich brachte ihr bei, wie man richtig rotzt.
Nach regelmäßigem Training versaute sie Stockenten mit nur einem Versuch das Gefieder.

Der Zug fährt in den Bahnhof ein. Mein Vater trägt einen Hut, meine Mutter ein Kleid. Ich kann mich nicht erinnern, dass sie je ein Kleid getragen hat. Es flattert im Wind.

Ich sitze breitbeinig auf der Rückbank. Mein Vater steuert den Kombi, wie immer etwas zu schnell, die kurvige Straße hinauf zu unserem Haus. Es ist das letzte Gebäude im Ort, dann beginnt der Wald, in dem so viel passiert ist. Da habe ich zum ersten Mal geraucht, zum ersten Mal gefickt und einmal fast einen umgebracht.
Die Nacken meiner Eltern sind braun. Der meines Vaters ist sauber ausrasiert, bei meiner Mutter erkenne ich zwei lange, schwarze Haare. Eines davon sprießt aus einem Leberfleck.

Dicht gewachsener Wein, nirgends schimmert die Wand durch. Hinter der Terrassentür steht der Hund, bellt und wedelt mit dem Schwanz, der mir viel länger vorkommt als sonst. Lio springt an mir hoch und meine Mutter ruft: »Pfui, sei brav.« Fiepend tappt er zwei Schritte rückwärts. »Schön, dass du da bist«, sagt sie und schaut mich an, streicht mir zärtlich über die Wange. Ihre Hand ist kalt und rau vom vielen Saubermachen. Eine Putzfrau kommt für sie nicht in Frage. Wenn man weiß, dass man den Dreck selbst wegmachen muss, bleibt man ein ordentlicher Mensch, davon ist sie überzeugt. Mein Vater öffnet die Terrassentür, und sofort summen ein paar Insekten ins Haus. Sonst ist es still. Es ist so still, dass man es mit der Angst zu tun bekommen könnte.
Barfuß stehe ich auf den warmen Holzplanken der Terrasse und luge auf mein Handy: Nur Notrufe.

Meine Mutter trägt Kaffee und Linzer Torte an den Tisch. »Ganz frisch«, sagt sie und schneidet sechs Dreiecke ins Rund. Sie hofft, dass ich mehrere Stücke esse. In ihren Augen bin ich immer zu dünn. Es macht sie glücklich, mich essen zu sehen. Lio streckt sich in der Sonne, seine Flanke hebt und senkt sich und ich gleiche meine Atmung seinem Rhythmus an. Bienen und Hummeln tauchen in den Blumenkelchen um uns herum, für Wespen ist es noch zu früh. »Schön, dass du da bist«, sagt meine Mutter noch einmal und schiebt sich eine Gabel in den Mund. »Wir fahren so gegen sieben«, informiert mich mein Vater. Ich nicke und leere die Kaffeetasse in einem Zug.
Peng!
In der Ferne knallt es. Lio hebt den Kopf, gähnt, lässt den Kopf wieder sinken. Vielleicht ist es sein letztes Jahr, immerhin ist er schon vierzehn. Als er drei war, gaben wir ihn mal für einen

Urlaub ins Heim. Während wir im Ijsselmeer segelten, bekam er ein Magengeschwür.
Peng!
Erneut knallt es und dieses Mal zucke ich zusammen und Lio knurrt.
»Da jagt wohl einer«, sagt mein Vater.

Um halb acht sind meine Eltern immer noch nicht weg und diskutieren über Badetücher. Bald schon winkt mein Vater ab: »Ach Claudia, mach doch, was du willst.«

Mit dem Gong der Tagesschau schließe ich endlich die Tür hinter den beiden. Sie hupen im Wegfahren. Auf die Nachrichten folgt eine der *Expeditionen ins Tierreich*.
Gegen Mitternacht tippe ich eine Mail an Valentin, lade ihn ein, begreife, dass zwei Wochen eine lange Zeit sind. Anschließend hole ich mir Bier und Schokolade aus der Vorratskammer und werfe mich zurück auf die graue Ledercouch. Ich überlege, ein Vollmilchquadrat aus der Tafel zu knacken und es weit zwischen die Polster zu schieben, einen klebrigen Schatz zu verstecken, über den meine Mutter erschrecken und hinwegkommen wird.
Durch die Glastür sehe ich in den Flur. Lio liegt zusammengerollt im Körbchen. Ich denke daran, dass er bald sterben wird.

Als ich um 3 Uhr früh hochschrecke, muss ich mir Spucke vom Mund wischen, eine ganze Menge ist ins Kissen gelaufen. Ich fahre die feuchte Stelle mit den Fingern nach, rieche daran und erinnere mich dabei an Jan Kranig, der mir beim Räuber und Gendarm einmal volle Hacke ins Gesicht gespuckt hat, genau zwischen Oberlippe und Nase.

Im Fernsehen läuft die Wiederholung einer Talkshow. Eine schluchzende Frau ist an einen Lügendetektor angeschlossen.

Wenige Minuten später bin ich in den Bademantel meines Vaters geschlüpft und stehe mit einer Taschenlampe in unserer Garage. Es gibt auch ein Oberlicht hier drin, aber das würde mir jetzt die Stimmung, den Entdeckerdrang, verderben. An der Decke hängt Papas ausrangiertes Surfbrett, ein Relikt aus seiner Jugendzeit, von dem ich schon immer fand, dass es nicht zu ihm passt. Ich leuchte am Boden entlang in den hinteren Teil des Raums, bis der Strahl mein BMX erfasst, und bin froh, dass es immer noch hier herumsteht. Claudia und Hans konservieren eher, statt zu konsumieren.

Zum Zwitschern früher Vögel schlafe ich im Doppelbett meiner Eltern erneut ein.

3

Ich wache auf. Die Uhr sagt Mittag. Im Zimmer ist es heiß und ich spüre ein leichtes Ziehen im Hals. Ich drücke auf den Schalter, und die Rollläden fahren nach oben. Der Himmel ist noch eine Nuance blauer als gestern.
Vor der Schlafzimmertür höre ich den Hund auf und ab tapsen. Es ist höchste Zeit für ihn.

Wir laufen zwischen Mais und Wald, unser Schritt ist zügig. Ein Specht hämmert, und in einiger Entfernung sind die Sägen von Waldarbeitern zu hören. Nach einer Viertelstunde erreichen wir die Bank, zwei dicke Fliegen hocken übereinander auf der abgenutzten Sitzfläche, flüchten, als mein Schatten das Holz trifft. Lio macht Platz und lässt zufrieden die Zunge baumeln. Ich überprüfe die Lehne:
M.M.J.K.H.
Unsere Initialen sind geblieben.

Wie alle richtigen Kinder hatten wir früher eine Bande. Wir, das waren Maria, ich und Jan, Konrad, der später mit seiner Mutter nach München zog, weil die es nicht aushielt, dass der Vater eine andere geschwängert hatte, und Heike, die mit vierzehn starb, ein Schlaganfall im Schlaf, ein später, plötzlicher Kindstod, hieß es, aber ich zweifelte immer daran, denn Kinder haben keinen Busen.
Täglich streunten wir durchs Dorf auf der Suche nach Hauptquartieren, untersuchten totgefahrene Eichhörnchen und

Katzen mit angespitzten Stöcken, warfen Quitten von unserem Strauch auf vorbeifahrende Nachbarautos, stopften einmal mehrere davon in den Auspuff von Herrn Brückners BMW, der daraufhin nicht mehr anspringen wollte und auseinandergebaut werden musste. Seltsamerweise sagte er nie etwas deswegen.

In den Sommern leuchteten die Hügel dort, wo Getreide wuchs, im Abendlicht orange, die Wiesen waren grüner als irgendwo sonst. Im Winter bauten wir Sprungschanzen für Schlitten, Reifen, Tüten, und jedes Jahr brach sich einer was.

Wir waren die Kinder mit den strammen Waden, bezwangen auf dem Weg zur Schule die steilen Hänge mit den Rädern. Irgendwann begann ich Maria anders dabei anzusehen, spürte ein Kribbeln beim Anblick ihres festen Hinterns, während wir in den Pedalen stehend unserem letzten Kindersommer entgegenfuhren.

Eine Bremse beißt mich wieder ins Jetzt. Lio buddelt ein Stück weiter nach einem Tier. Ich pfeife und renne los und er rennt mit, und wir sind sofort außer Atem und werden trotzdem nicht langsamer.

Bevor ich duschen gehe, will ich das BMX putzen und den Sattel höher einstellen. Durch die Zähne pfeifend, schiebe ich das Rad aus der Garage. Ein Auto biegt in die Straße ein und hält schließlich vor mir. Auf den Lenker gestützt, erkenne ich die Person hinter der schmutzigen Windschutzscheibe und muss hektisch zwinkern vor Überforderung. Sie steigt aus, das Unterhemd, weiß und zu weit, unterstreicht die Bräune ihrer Arme, und ihre Haare fallen immer noch in dieser einen Strähne über die Augen.

»Hallo«, sage ich und verlagere noch mehr Gewicht auf den Lenker, der fast platte Reifen bläht sich an den Seiten.
»Hallo Max. Ich bring den Honig für deine Eltern.«
Die kleine silberne Eule um ihren Hals glitzert.
Ich habe sie ihr in Schweden gekauft.

In einem Café am Stadtrand von Göteborg aßen wir Schokoladenkuchen. Die Wirtin verkaufte neben Gebäck auch selbstgemachten Schmuck. Als Maria auf dem Klo war, kaufte ich den Anhänger. Auf dem Rückweg zum Auto legte ich ihr die Kette um.
»Eulen sind weise.«
»Denkst du, ich bin zu blöd?«
»Wie kommst du denn darauf? Ich fand sie einfach schön. Außerdem kann man nie weise genug sein.«
»Du denkst also nicht, dass ich nicht schlau genug bin.«
»Nee, Quatsch. Du bist klug.«
»Aber nicht klug genug?«
»Lass gut sein, Maria.«
»Aber Max – «
»Nein.«
»Doch.«
»Was?«
»Vielen Dank.«
Wir umarmten uns lange. So lange wie nie.

Ich lehne das Rad an den Zaun.
»Bist du auch zu Besuch?«, frage ich.
»Ich bin wieder ganz hier.«
»Echt? Wie lange schon?«
»Seit April. Ich wohne mit Freunden auf einem Hof weiter oben.«

Ihre Hand weist in den Himmel, und ich denke, dass ein Luftschloss gut zu ihr passt. Ich ziehe die Nase hoch, obwohl sie nicht läuft, und fingere am Kinn herum, obwohl da nichts wächst.
»Und du, Max? Was machst du in Königsburg?«
»Claudia und Hans sind auf Kreta, und ich hüte Lio.«
Schräg gegenüber rollt Frau Bender, die dickste Frau des Orts, ihre Mülltonne an die Straße. Maria und ich sehen ihr kurz zu, uns wieder an, und ich sage: »Ich denke oft an den Wal.«
Sie lächelt.

Wir liefen durch den Slottsskogen, unsere Turnschuhe färbten sich schwarz auf den matschigen Wegen. Auch die Kälte trieb uns bald ins Naturkundemuseum, wo wir nach hunderten Vögeln und Reptilien schließlich in die »Walhalle« gelangten. Dort steht dieses riesige Tier, eingerahmt von schwebenden kleineren Walen, die durch transparente Schnüre in der Luft gehalten werden. Ich ging auf die Empore, suchte das linke Auge des Wals, das mir im Verhältnis zum restlichen Körper so wahnsinnig klein vorkam. Ein Vater hob seinen Jungen an das pechschwarze Auge heran und der steckte seinen Finger hinein. Der Fotoapparat der Mutter blitzte mehrmals hintereinander. Maria kam zu mir, hakte sich unter. »Wahnsinn, oder?«, sagte sie, flüsternd, denn schließlich befanden wir uns auf einem Friedhof. »Früher konnte man sogar in sein Maul steigen, weißt du. Heute ist das nur noch an Wahltagen erlaubt, vor oder nach dem Stimmzettel.«
»Warum nur noch an diesen Tagen?«
»Irgendwann hat man ein Paar beim Sex im Wal erwischt und das fanden viele doch ein bisschen arg.«
»Das ist ja furchtbar«, erwiderte ich und wandte mich ein letztes Mal dem Tier zu.

Dann gingen wir zurück ins Wohnheim.

Marias Auto hat vorne links eine ziemliche Schramme.
»Hattest du einen Unfall?«
»Ein Reh, letzte Woche. Es war gleich tot.«
»Scheiße.«
»Zum Glück war mein Vater schnell da.«
Ihr Vater ist Förster. Früher nahm er uns oft mit in den Wald, zeigte uns Bachen mit ihren Frischlingen, erläuterte den Unterschied zwischen Fuchs- und Dachsbau, trichterte uns die Namen aller Bäume ein. »Sollte man kennen«, sagte er immer.
»Immerhin weißt du es jetzt«, sage ich.
»Was weiß ich jetzt?«
»Dass du nicht einfach weiterfährst.«

Wir fuhren im Mietwagen an der schwedischen Küste entlang. Wenn wir ausstiegen, um am Meer herumzustehen, dem Impuls folgend, den alle verspüren, die nicht mit der See vor der Haustür groß geworden sind, blies die böige Luft uns die Backen rot und die Lippen trocken. Maria legte sich in den Wind, und ich versuchte ihm den Rücken zuzudrehen, vergeblich, da auch er sich stetig drehte.
In einem der menschenleeren Feriendörfer, auf einer der menschenleeren Inseln, überfuhr Maria beinahe ein Mädchen, als es die Straßenseite wechselte. Wir ruckten nach vorne in unseren Sitzen und Maria starrte das Mädchen an und das Mädchen starrte Maria an und ich rauchte eine Zigarette, obwohl die auf dem Armaturenbrett rot umkringelt und dick durchgestrichen war. Das Mädchen lief davon, niemand folgte ihm und niemand wartete auf der anderen Seite. Maria stellte den Motor ab, nahm mir die Kippe aus den Fingern. Zittrig saugte sie am Filter, sagte leise: »Wäre ich allein gewesen und hätte

sie übersehen, vielleicht wäre ich einfach davongefahren und nie mehr glücklich geworden. Keiner kann sagen, was er in so einer Situation tun würde. Das macht mir große Angst.«
Ich wollte ihr klarmachen, wie gut ich das nachvollziehen konnte, dass ich seit meinem Au-pair-Fiasko genau wusste, wovon sie sprach. Stattdessen schwieg ich weiter, hatten wir eine Stunde später sperrigen Sex auf dem Rücksitz. Ich war so zärtlich, wie ich konnte, im Radio lief Classic Rock. Danach wischte ich die beschlagenen Scheiben frei und entschied: »Ich fahre den Rest.«

Wir stehen stumm. Meine Beine jucken, kribbeln gegen die peinliche Stille an. Endlich startet einer der Nachbarn seine Kreissäge. Weil mir nichts Blöderes einfällt, rufe ich in den Lärm hinein: »Kaffee?«
Das Sägeblatt trifft auf Holz, der schrille Ton senkt sich ein wenig.

4

Valentin sagt, Erinnerungen sind beschissen.

5

Die Maschine mahlt Bohnen und füllt unsere Tassen bis zum Rand. Ich schweige wieder und auch Maria streichelt nur energisch Lios Kopf. Unnötigerweise frage ich dann doch: »Was ist mit deinem Studium?«
Sie nimmt die Ohren des Hundes in die Hände, als möchte sie nicht, dass er hört, was jetzt kommt: »Hab abgebrochen. Ging nicht mehr.«
Zack, zack, spricht, spuckt sie das aus, als wäre es Schleim einer Erkältung, den man schnellstmöglich loswerden will, nachdem man ihn hochgezogen hat.

Maria studierte Skandinavistik, wechselte nach der Zwischenprüfung, nach uns, von Bremen nach Freiburg. Sie beschäftigte sich mit dem Werk von Selma Lagerlöf, dem *Nils Holgersson*, und sagte oft, wie schade sie es finde, dass ich auch eines dieser Kinder gewesen sei, die die Trickserie geglotzt hatten, ohne jemals vom Buch gehört zu haben. In diesen, ihren elitären Momenten, wünschte ich mir immer, ich würde in einem Gewässer treiben, die Ohren unter der Wasseroberfläche, erfüllt von nichts als einem dumpfen Rauschen.

Ich setze neu an: »Dieser Hof, auf dem du wohnst. Wie ist es denn dazu gekommen?«
»Durch Jan.«
»Welcher Jan?«
Sie sieht mich unmissverständlich an.

»Jan Kranig?«
Sie nickt.
Ich werfe meinen Kopf in den Nacken, drehe mich einmal im Kreis auf einem der drei modernen Metallhocker, die meine Eltern neuerdings besitzen, schiebe die leere Tasse mit Schwung über die Anrichte. Erst ganz kurz vor der Kante kommt sie zum Stehen.
Damals im Wald, denke ich.

»Bis morgen also«, sagte Maria und fuhr davon. Zuvor erzählte sie von sich und den anderen auf dem Hof und ich begriff es höchstens ansatzweise. Mehrmals fiel das Wort Autarkie und wie gut es sei, für sich selbst verantwortlich zu sein. Sei still, sei bitte einfach still, dachte ich. Zu fünft leben sie dort, verarbeiten Honig, bauen Gemüse an, Hühner gibt es auch. »Ich glaube, du wirst es mögen«, sagte sie und ich sagte nichts darauf, lachte nur blöd. Wenngleich ich gern geschrien hätte: »Auch ich hab mich verändert, auch ich hab mich weiterentwickelt.«

»Scheiß Hippies« schmierte jemand vor Jahren an das einzige Bushäuschen im Ort.
Ich denke darüber nach, mir einen Edding zu schnappen und den Satz durch ein dickes Ausrufezeichen zu ergänzen.

6

Seit Stunden krame ich in Kisten, schaue Alben und Ordner durch. Nachdem ich mich an einem Foto meiner Großmutter geschnitten, ein wenig Blut auf ihre Schürze geschmiert habe, entdecke ich das Abschlussbild meiner Grundschulklasse. Maria steht zwischen mir und Jan und lächelt. Dort wo heute ihre blitzblanken Schneidezähne sind, ist auf dem Bild nur eine Lücke, durch die sie immer gerne Nudeln oder Strohhalme gesteckt hat.
Eine Seite weiter im Album mit dem Titel 1987–1998: Fastnacht 96. Ich bin dreizehn und als Maus kostümiert, neben mir Maria als Vampir und neben ihr Jan als Zorro, mein Vater mit grimmigem Gesicht im Hintergrund, ohne Verkleidung. Ich weiß nicht mehr, warum mein Vater schlecht gelaunt war, dafür aber noch genau, dass ich mich ursprünglich als Indiana Jones verkleiden wollte, tags zuvor aber eine Wette verloren hatte. Und auch dieser bestimmte Nachmittag lag in diesem Jahr.

Maria und Jan waren Räuber, Konrad und ich Gendarmen. Heike war mit ihren Eltern in Finale Ligure, so wie immer in den großen Ferien. Es war ein besonders heißer Tag in einem besonders heißen, trockenen Sommer. Das Gehölz knackte nervös unter unseren Schritten. Wir suchten eine halbe Stunde, dann teilten Konrad und ich uns auf. Ich war flink und trotzdem unauffällig, im Raubkatzenmodus, da entdeckte ich Maria und Jan unter dem Hochstand. Und weil ich so erschrak, ging ich nicht, ich stürzte in Deckung.

Beide hatten ihre Hosen heruntergezogen und streichelten sich und Jan hatte schon Haare am Sack, und ich hasste ihn von null auf hundert in einer Sekunde. Konrad pfiff in die Finger, gab Laut, dass er niemanden entdeckt hatte. Erst jetzt bemerkte ich die Ameisen, die über meinen Handrücken krabbelten, ich war nur wenige Meter neben ihrem Haufen gelandet. Der Pfiff war auch das Zeichen für Maria und Jan, sich die Hosen wieder überzustreifen und im Wald ein neues Versteck zu beziehen. Voller Angst, sie könnten da weitermachen, wo sie aufgehört hatten, sprang ich auf und preschte hinterher. Ich war rasend und zu jung, um zu wissen oder zuzugeben, dass die Eifersucht was mit Mädchen lieben, Jungs lieben zu tun haben könnte. Knurrend und schreiend holte ich auf, Maria knickte um, Jan wollte ihr helfen, und das war sein und mein Verhängnis. Ungebremst rammte ich ihn weg, er hatte Glück, ich hatte Glück, denn in dem Moment war mir vollkommen egal, dass kein Stein oder spitzer Ast dort lag, wo er mit dem Hinterkopf auf den Waldboden traf. Mein Schädel war ganz heiß, ich spürte die aufsteigenden Tränen kommen, pfefferte Jan eine harte Ohrfeige ins Gesicht. Er nannte mich »Hurensohn«, die schlimmste Beleidigung in diesen Zeiten, spuckte mich an, genau zwischen Oberlippe und Nase.
Wild entschlossen, vor allem aber wild, griff ich um seinen Hals, er versuchte sich loszuzappeln, doch ich saß optimal auf seinen Armen und Beinen, ließ ihm keinen Spielraum und drückte und drückte, er wurde ganz rot, ich gab nicht nach, und erst als Maria mir in den Oberarm biss und ein Büschel Haare ausrupfte, ließ ich von ihm ab und strauchelte zurück. Maria beugte sich über Jan und sah mich an wie einen Fremden. Schnell stand ich auf und rannte davon, am Hochstand begegnete mir Konrad, ich blieb nicht stehen und er rief: »Hast du sie gefangen, hast du das Gold?«

Das Gold waren vier Tannenzapfen, die Maria in einem Stoffbeutel am Gürtel trug, und mir scheißegal. Ich rannte weiter, mit der Absicht, nie mehr stehenzubleiben.

Viele Kinder sind irgendwann grausam, wenige sind nachtragend. Maria verzieh mir relativ schnell. Jan ging mir aus dem Weg oder ich ihm, wie das beschämte Gegner eben tun. Wir spielten nie mehr in dieser Konstellation.

Meine Handfläche, der Schnitt darin brennt. Ich drücke unterhalb der Wunde, bis Blut hervorquillt, und lutsche es weg. Ziemlich aufgewühlt beginne ich an mir herumzuspielen, werde schnell hart. In meiner Vorstellung sind es ihre Hände.

7

»Gu-ten Mor-gen, Herr Flie-ger«, lalle ich den Spiegel an. Meine Stimme ist tief und klingt nicht ansatzweise so enthusiastisch wie der Chor meiner fünften Klasse in Bremen. Ich ratsche mit der Bürste den Belag von der Zunge, das heißt, ich versuche es. Zu zäh ist die weiße Schicht.

»Komm zum Mittagessen«, sagte Maria gestern. Eine genaue Uhrzeit haben wir nicht abgemacht. Ich peile halb eins an.

Mein Handy vibriert dreimal kurz und in der SMS schreibt Valentin:

Ich komme Donnerstag, 16.45 Uhr, in St. Georgen an. Hoffe, du freust dich. Gibt es ein Fahrrad für mich?

Valentin liebt Radfahren nach wie vor, obwohl es sein Job ist. Immer wieder betont er, wie gut der Kurier-Alltag seinem Body tue. Er mag durchtrainierte Körper, es darf aber nicht gewollt aussehen. Seine Bekanntschaften sind oft sehnige Hänflinge, von denen wir ab und zu einen mit ins Schwimmbad nehmen. Valentin findet es wichtig, sich fast nackt miteinander wohlzufühlen.

Sorgfältig spüle ich den Mund aus, die malträtierte Zunge brennt. Milchiges Wasser kreiselt in den Abfluss, minimal blutig.

Süße, chemische Luft hängt im Golf. Meine Mutter hat an den Spiegel gleich zwei Vanillewunderbäume geknotet, die mir jetzt Kopfschmerzen bereiten.

Zuerst war der Golf mein Auto, das erste und letzte, eine

schwarze Blechkiste, sommerlicher Sex mit Maria, zweimal auch mit Katrin, aber das weiß niemand und ist auch nicht wichtig. Heute fährt ihn meine Mutter.
Bremen hat schließlich eine solide Infrastruktur und nicht, wie Königsburg, nur eine Handvoll Straßen, die von Hügel zu Hügel führen. Ich fahre jetzt Rennrad, mache zwischen Frühjahr und Herbst leichte Touren mit Valentin und trinke viel Kristallweizen.
Klappernd fällt mir der Deckel des Handschuhfachs entgegen: nimm2-Bonbons, Tempos, meine alten Kassetten. Bei der Vorstellung, wie meine Mutter mit einer Freundin ins Kino fährt, dazu eine der Kassetten abspielt, etwas sagt wie »flotte Musik«, erschaudere ich. Der Schlitz schluckt das Tape:
»Who's got the Crack?«

Meine Lieblingsinsekten sind Taubenschwänzchen. Sie ähneln Kolibris. Oder mutierten Hummeln. Aber laut Entomologie handelt es sich um Schmetterlinge. Man sieht sie nicht jedes Jahr, doch wenn, dann immer lebendig. Sie landen nie mit dem Fahrtwind an der Scheibe oder verfangen sich in Spinnennetzen.
Plopp, plopp, plopp treffen die weniger smarten Käfer und Fliegen auf das Glas. Sprenkel aus Eingeweiden im Minutentakt, bei relativ niedriger Geschwindigkeit.
Über mir ist der Himmel mit Wolken bestückt, die sich wie zu einem Schuppenpanzer aneinanderlegen und ab und an von einer Passagiermaschine im Landeanflug auf den Zürcher, Basler oder Stuttgarter Flughafen durchbrochen werden.

TomTom lotst mich auf die letzte, enge Landstraße der Fahrt. Noch zwei Kilometer bis zum Ziel. Ich rolle aus der Sonne in den Tann.

Peng!
Wieder dieser Knall, näher jetzt als im Haus. Erschrocken ducke ich mich tiefer über das Lenkrad, spüre eine wahnwitzige Angst. Maria voll der Gnade, ich glaub ja nicht dran. Einen Gang höher schalten, ruhig atmen, überhaupt mal wieder Luft holen, die Sonnenbrille anlegen. Alles ist gut, murmle ich in mich hinein. Vor mir taucht eine Wiese auf, Sonnenlicht.
Peng!
Ich drifte nach rechts, fast gegen einen der letzten Baumstämme, kann gerade noch korrigieren und schramme so nur in die Brennnesseln auf dem Randstreifen. Da jagt wohl einer. Bis jetzt bin ich davongekommen.

Im Rückspiegel wird das Waldstück kleiner, in der Sonnenwiese lärmen Grillen, und am Ende der Straße steht ein Haus.

8

Niemand nimmt mich in Empfang. Ich parke auf dem Vorderhof, feiner Kies knirscht und staubt beim Bremsen. Fest werfe ich die Tür ins Schloss. Nichts.
Ein paar Hühner wetzen an mir vorbei. Alle Fenster des Hauses sind geöffnet, Gardinen wehen im Durchzug.
Endlich, und so plötzlich, dass ich schon wieder zusammenzucke, wird die Haustür aufgerissen und ein Typ in Tanktop und ziemlich kurzer Hose springt die vier Stufen nach unten und kommt mit einem: »Hallo. Du bist Max, oder?«, auf mich zu. Er sieht so sportlich aus, ich habe Angst, dass er mich nach dem Handschlag mit einem lockeren Judogriff über seine Schulter wirft.
»Ich bin Anton. Die anderen sind hinten im Garten. Trinkst du Weißwein oder Apfelsaft?«
»Beides.«

Ich warte, bis Anton mit einer Kiste voller Getränke aus dem Keller zurückkommt, folge ihm durch das Haus, in dem es nach einem Mix aus Hefezopf und Knoblauch riecht. Mir fällt auf, dass die meisten Möbel aus Holz sind, es ist ziemlich aufgeräumt.

Im Garten angekommen, verharre ich einen Moment und sondiere die Lage: Rechts sitzt ein weiterer junger Mann auf einer Bierbank in der Sonne und nickt mir freundlich zu. Seine Haare sind kurzgeschoren und sehr blond. Geschickt zupft er

Johannisbeeren in eine Schüssel mit Quark. Geradeaus liegen schmale Beete, ich erkenne Zucchini und Tomaten, und dahinter eine Wiese mit drei Obstbäumen. Im Halbschatten der Bäume steht ein gedeckter Tisch, an dem bis jetzt nur eine weibliche Person sitzt und Brot schneidet. Daneben ist ein Grill aufgebaut und davor stehen Maria und Jan. Er fächert mit einer Pappe die Glut rot, sie raucht, ascht ab, sieht dem wegfliegenden Gift hinterher und dadurch mich. Ihr Kleid ist marineblau mit einem weißen Dreieck auf der Brust. Sie winkt. Auch Jan dreht sich kurz zu mir und gleich wieder um. Verhalten hebe ich meine Hand, als wäre ich zögerlicher Bieter auf einer Auktion und das umworbene Objekt eine Nummer zu groß für mich. Anton erreicht den Tisch und küsst die Frau.
Mit möglichst lockeren Schritten stapfe auch ich los.

»Hey Max, schön. Hast du gut hergefunden?«
Maria sieht sexy aus mit der Kippe im Mundwinkel, und ein bisschen albern. In der Umarmung riecht sie vor allem nach Rauch.
»Ja, kein Problem. Hab ein Navi im Auto.«
Die Geküsste steht auf und gibt mir die Hand.
»Julia.«
»Freut mich.«
Anton reicht mir ein Getränk, dessen Farbe sowohl für Wein als auch für Apfelsaft spricht.
»Wir haben schon Hallo gesagt«, erklärt er den anderen und prostet mir zu.
»Ja. Danke für die Einladung.«
Ich nehme einen Schluck. Weißwein.
Unter meinen Achseln perlt und rinnt Schweiß in das weiße Hemd. Er wird Flecken machen, die mit jeder Wäsche schlechter rausgehen und gelbe Ränder bekommen werden.

»Es kann losgehen«, ruft Jan, lässt die Pappe ins Gras fallen, wie ein Ritter seinen Schild nach der Schlacht, und sieht mich jetzt an.
»Flieger, lange her. Isst du Fleisch?«
»Ja.«
»Schön.«
Er lächelt undurchsichtig.
»Es gibt Lammkoteletts.«

Unsere Münder und Finger sind fettverschmiert, die Gläser, aus denen wir trinken, übersät von braunen Abdrücken. Ich nage an meinem letzten Kotelett herum, kappe mit den Zähnen eine Sehne, deren längeres Stück an den Knochen zurückflitscht.
In der vergangenen halben Stunde habe ich Folgendes erfahren: Der blonde Junge heißt Pelle, kommt aus Lund in Schweden und ist ein Kommilitone von Maria, den sie aus ihrer Zeit in Göteborg kennt und mir gegenüber damals nie erwähnt hat. Er ist im zweiten Urlaubssemester und gibt gemeinsam mit Maria einen Schwedisch-Anfängerkurs an der Volkshochschule in Donaueschingen. Anton ist der Jüngste, hat gerade erst sein Abitur gemacht, Julia ist Physiotherapeutin und im sechsten Monat von ihm schwanger. Ihre Situation ist nicht unbedingt gewollt, aber trotzdem glücklich. Sie kennen Jan vom Reisen, Genaueres weiß ich noch nicht. Jan schweigt das gesamte Essen über.
Julia fragt mich, ob ich gerne Lehrer bin. Ich überlege und antworte: »Es ist in Ordnung. Ich fühle mich ganz nützlich.«
Julia nickt und Jan lässt seinen abgekauten Knochen absichtlich laut auf den Teller fallen, ext ein Glas Wein und rülpst. Maria sieht ihn leicht irritiert an, worauf er seinen Kopf, wie ein Käuzchen, von links nach rechts dreht, mit großen Augen umherblickt, bedeutet, dass wir allein sind, weit und breit,

und an der frischen Luft. Ich muss mir eingestehen, dass er gut aussieht mit seinem sonnengebräunten Gesicht und den schwarzen Locken, dem weit aufgeknöpften Holzfällerhemd und dem Schattenwurf auf der schmalen Brust. Er sieht wieder mehr so aus wie der ganz frühe Jan. Bevor er das Gymnasium nach der Zwölften abbrach und verschwand.
Pelle will wissen, was mit dem Nachtisch ist. Wir einigen uns auf eine Verdauungspause. Anton und Julia legen sich ins Gras, Pelle und Jan kicken mit einem Wasserball.
Maria hakt sich bei mir unter, sagt: »Komm Max, ich führ dich mal rum.«
Sie spricht mit mir, als wären wir gute Bekannte, die sich nach langer Zeit wiedersehen. Sie macht sich was vor und ich mache mit.

»Da gibt es noch was anderes für uns«, beschloss Maria vor drei Jahren.
»So eine Scheiße«, stammelte ich und: »Ich kapier das nicht.«
»Da gibt es nichts zu kapieren, Max.«
Nach langem, gegenseitigem Anstarren ging sie schließlich, und ich blieb noch ewig sitzen, bis ich auf den Boden schlug und mir die Hand brach.

Das Haus ist nicht so groß, wie es von außen wirkt. Die Einrichtung ist sparsam, nirgends hängt ein Poster, kein einziger Ikea-Gegenstand zwischen den alten Möbeln.
Es gibt nur zwei Schlafzimmer. Eines für Julia und Anton, das andere für Jan, Pelle und Maria. Sie schlafen in Stockbetten.
»Es ist wie auf Klassenfahrt früher, nur ohne Bus und Lehrer ... also, bis vor einer Stunde jedenfalls.«
Ich kann nicht glauben, dass es das ist, was sie sich von unserer Trennung erhofft hat.

In meinem Magen treffen Weinsäure und tierisches Eiweiß aufeinander, brodelt die Zersetzung.

»Ich muss den Zopf aus dem Ofen holen«, fällt Maria ein.
Über die knarzende Treppe steigen wir zurück nach unten in den Wohnbereich.
»Warum hast du Lio nicht mitgebracht?«
Weil es reicht, wenn ich mich unwohl fühle, denke ich.
»Weil er im Auto doch immer Angst bekommt und kotzen muss«, sage ich.

Die Küche ist schön und im Gegensatz zum Rest des Hauses sonnendurchflutet.
Maria zieht Topfhandschuhe über und holt das Blech aus dem Ofen. Ich setze mich auf die Eckbank vor dem großen Esstisch. Ein Karton liegt im Weg und ich klappe ihn kurz auf. Darin stapeln sich Briefumschläge, manche noch ungeöffnet: Sparkasse, Anwalt, Sparkasse, Stadtwerke, Sparkasse.
»Achtung!«
Maria schiebt das Blech auf den Tisch, die Kruste des Zopfs glänzt braun in den Raum. »Sieht gut aus«, lobe ich und schiebe den Karton weg.

Was passieren könnte:
Konzentriert trage ich das Tablett mit dem Kaffeegeschirr und dem Gebäck nach draußen. Dort jongliert Pelle den Wasserball, gibt ab zu Jan, der bolzt mir das bunte Plastik direkt ins Gesicht, woraufhin ich Zopf und Tassen auf den Boden fallen lasse und sie mich alle auslachen. Ich ziehe einen Revolver aus dem Hosenbund und knalle los. Blut läuft aus ihren Mündern, tropft auf Löwenzahn und Gänseblümchen.

Was wirklich passiert:
Konzentriert trage ich das Tablett mit dem Kaffeegeschirr und dem Gebäck nach draußen. Dort jongliert Pelle den Wasserball, gibt ab zu Jan, und der bolzt das bunte Plastik weit in den Himmel. Pelle johlt: »Efterrätt!«
Julia und Anton, die im Löffelchen weggedriftet waren, schrecken auf.
Jan fixiert mich.
»Flieg nicht, Flieger.«

Wir bestreichen den Zopf mit Erdbeermarmelade, naschen Johannisbeerquark. Zum ersten Mal an diesem Nachmittag bin ich einigermaßen entspannt.
»Hast du morgen Zeit, Flieger?«, fragt Jan mit vollem Mund.
»Wieso?«
»Das Dach ist an zwei Stellen undicht und ich muss es flicken. Maria und Pelle sind in der Schule und Anton hat Höhenangst. Also?«
Maria sieht mich warm an. Jan Kranig und ich auf dem Dach. Mit Hämmern und Nägeln und viel Luft nach unten.
»Okay«, antworte ich und frage mich, woher er weiß, dass ich ein bisschen lebensmüde bin.

Der Hahn kräht mir hinterher, als ich vom Hof fahre. Eben habe ich noch Watte aus dem Bad eingesteckt, pule mir jetzt Bausche davon in die Ohren und drehe die Musik laut. Mit hundert Sachen fliege ich durch das Waldstück, dröhnende Bassgitarren kribbeln mir über den Rücken. Kurz schließe ich die Augen. Diesmal höre ich keinen Knall.

9

Auf dem nassen Terrassenholz liegt eine Amsel. Ich öffne die Fenstertür. Sie flattert davon. Ich atme tief ein, frische Luft strömt in meine Lungen. Keine Ahnung, wann ich das letzte Mal so bewusst und lange geatmet habe.

Gähnend drücke ich mich durch die Kanäle. Auf VIVA nicken die Massiven Töne mit den Köpfen. Retro-Charts steht am oberen Bildrand und durch das untere Drittel schieben sich ohne Unterbrechung SMS von mitteilsamen Jugendlichen. Ich kann es kaum glauben, dass das Musikfernsehen einmal auf der Höhe der Zeit, Deutschrap eine intensive Phase war. Damals hießen Freunde Homies und Jan Phillip Eißfeldt war noch kein Sänger. Wir schrieben schlechte Texte und »rappten« sie später in Freisprechanlagen im Neubaugebiet von Villingen-Schwenningen oder auf Anrufbeantworter. An den Wochenenden soffen wir auf Grillhütten-Partys. Ein Mädchen stolperte aus dem Wald, die Vans-Slipper mit Kotze besprenkelt. Sie rief: »Ich habe meine Unschuld verloren.« Ihr fahles Gesicht zuckte seltsam im Schein des Lagerfeuers und irgendein Älterer, einer von denen, die den Absprung verpasst hatten, antwortete: »Dann geh sie suchen.« Alle lachten, auch wir.

Das war im letzten Spätsommer mit Konrad, dem Spätsommer, in dem Maria und ich uns gegenseitig entjungferten. Alles in allem mit die glücklichste Zeit. Kurz danach starb Jans Mutter an Krebs, wie Jahre zuvor auch sein Vater. Sie hatte

ihn im Kopf, er an der Prostata. Ich ging nicht zu ihrer Beerdigung, es wäre mir verlogen vorgekommen.
Das 13. Schuljahr begann und Jan machte sich aus dem Staub. Vielleicht schickte er Maria Postkarten. Wahrscheinlich vermisste sie ihn. Ich fing an, mich für Britpop zu begeistern.

Nelly Furtado steigt aus einem Helikopter. Noch vor dem ersten Refrain donnert eine Amsel gegen das Fenster. Sie ist sofort tot. Ich hole ein Kehrblech. Ein paar Federn kleben am Glas.

Ich trinke Anti-Stress-Tee. Es schmeckt scheiße. Mein Kopf drückt und immer wieder flackern weiße Punkte über die Netzhaut, als ob ich eine Schneekugel wäre, die pausenlos geschüttelt wird.
Zittrig träufele ich Kreislauftropfen auf ein Zuckerstück und lege mich flach auf den Fußboden. Zwei Stunden noch, dann stehe ich auf dem Dach. Mir kommt in den Sinn, dass Maria das von Anfang an so geplant hat, dass sie versucht, alles wieder ins Lot zu bringen. Vielleicht stecken meine Eltern auch mit drin, denn wenn ich es mir recht überlege, haben sie seit Jahren keine Reise unternommen, ist mein Vater kein Freund des Mittelmeers in der Hauptsaison.
Peng!
Der Durchzug hat die Flurtüre ins Schloss geknallt.

Das Wasser ist so kalt, dass ich hecheln muss und meine Lippen blau sind, als ich mich vor dem Spiegel abtrockne. Mit dem Handtuch rubble ich sie wieder rot. Ich kann nicht behaupten, bereit zu sein, aber es ist Zeit. Teilnahmslos lege ich die Rückbank mit Zeitungspapier aus und rufe nach Lio. Ich kann heute nicht auch noch das Gefühl gebrauchen, jemanden zurückgelassen zu haben. Auf die Plätze, fertig –

Mit nacktem Oberkörper und spitzem Hammer am Gürtel klappt Jan die Leiter auf. Gemeinsam positionieren wir sie vor der Hauswand. »Hätte nicht gedacht, dass du tatsächlich kommst«, sagt er und reibt sich die linke Brustwarze, knapp darunter hat ihn eine Mücke gestochen. Es sieht ein bisschen so aus, als wüchse dort ein dritter Nippel, wie bei Christopher Lee alias Francisco Scaramanga, dem Gegenspieler von James Bond in *Der Mann mit dem goldenen Colt.*
»Und ich hab gedacht, es wäre gut, mal wieder mit den Händen zu arbeiten.«

Anton kommt angelaufen, ohne Schuhe, die Schritte steif. Seine Frisur wirkt elektrisch aufgeladen und die Nase ist unter einem dicken Cremefilm verschwunden. »Ich fang euch auf, wenn ihr fliegt«, verspricht er. Sollten wir tatsächlich fliegen, wäre das bei mir nicht nötig, denn ich flöge davon, ganz hoch, ganz weit weg.
Wir geben uns Highfive. Ich tippe mit dem Zeigefinger gegen meine Nase. Er erklärt: »Bin in der Sonne eingeschlafen.«
»Kannst du, wenn wir oben sind, noch die Schubkarre für die alten Ziegel holen?«, fragt Jan.
Anton bejaht und entdeckt Lio, der im Schatten unseres Autos herumliegt.
»Der wird doch wohl nicht die Hühner fressen?«
»Sie müssten ihm schon direkt ins Maul flattern«, versichere ich.
Anton lacht, Jan nicht.

Ich werfe moosige Bruchziegel hinab und reiche Jan neue, balanciere auf der obersten Sprosse der Leiter. Jan bessert mit sicheren Handgriffen die Schäden aus. »Auf der anderen Seite wird es schwieriger.« Seine Stimme klingt angestrengt.

»Ich muss mal schnell pissen«, schreit Anton nach oben.
Ich steige auch aufs Dach, damit er die Leiter loslassen kann. Jan klopft den letzten Ziegel fest. Zwischen all den abgenutzten Dachziegeln wirken die neuen wie Fremdkörper. Jan dreht sich um und setzt sich in die Steigung, experimentiert mit der Schwerkraft. Vorsichtig begebe ich mich auf gleiche Höhe. Er zündet uns zwei Zigaretten an. Wir inhalieren tief, sehen von dort oben auf die grünen Gipfel vor uns. Und auf die genauso grünen Täler.

Minutenlange Stille.

Dann rattert das Echo eines Eichelhähers in unsere Trommelfelle, kommt Anton vom Pissen zurück. Wir klettern nach unten, um auf der anderen Seite wieder nach oben zu steigen, und haben vergessen, dass wir uns nicht mögen. Um ehrlich zu sein, ist es sogar so, dass ich mich, seit ich Jan gestern wiedergesehen habe, stark zu ihm hingezogen fühle. Ich denke: Ich habe dich vermisst, und sage: »Ich muss auch mal aufs Klo.« Es ist nicht Maria, die mich aus der Bahn wirft. Nicht mehr. Ich bin unsicher, was sie, was wir überhaupt waren. Aber ihr Plan, wenn es ihn denn je gegeben hat, scheint zu funktionieren, das muss ich zugeben.

»Fuck!«
Jan hält seinen Daumen gegen die Sonne. Der Finger pulsiert, als schlüge ein winziges Herz in ihm.
»Du musst den Rest machen, Flieger.«
Grobmotorisch lege ich los. Jan nuckelt an seinem Daumen, ein weiteres regressives Bild im Album der letzten Tage.
Irgendwann, der finale Hammerschlag ist getan, will ich es wissen.

»Du und Maria, seid ihr –?«
»Nein. Sind wir nicht und waren wir auch nie. Kannst ganz beruhigt sein.«
»Es würde mir nichts ausmachen.«
»Das glaubst du doch selbst nicht.«
»Ehrlich jetzt.«
Wir sehen uns misstrauisch, aber nicht feindselig an.
»Spaghetti?«, fragt Jan.
Ich nicke heftig.
»Also abwärts, Flieger!«
»Max, Jan. Sag bitte einfach Max.«

10

Jetzt heule ich. Die Zwiebeln steigen mir in die Augen. Im Radio spielen sie einen Eurodance-Klassiker. Ich fische eine Nudel aus dem Kochtopf und schmeiße sie gegen die Kacheln. Sie bleibt haften. Ich gieße das Wasser ab, stelle zwei Teller auf den Tisch. Anton ist mit Julia beim Frauenarzt, Maria und Pelle sind noch nicht zurück. Jan pfeffert die Soße, hat sich einen kalten Waschlappen um den Daumen gewickelt und trägt mittlerweile ein weißes Shirt. Ich bin mir sicher, dass er es bekleckern wird.
Mit der Gabel wickeln wir Pasta auf den Löffel. Nach dem Essen rauchen wir Zigaretten. Wir sind so weit, schätze ich.

»Jan?«
»Ja.«
»Damals, die Sache im Wald ...«
»Wir waren klein und dumm.«
»Ich wollte dich umbringen.«
»Echt?«
»Ja.«
Wir rauchen noch eine Zigarette, dann räume ich die Teller ins Spülbecken.
»Willst du die Bienen sehen, Max?«
»Klar, Kranig.«
Wir lachen. Auf seinem Shirt erkenne ich mindestens vier Tomatenspritzer.

Zirka fünfhundert Schritte vom Haus entfernt überschreiten wir die Grenze, treten von gestutztem Gras in kniehohe Halme. Ich frage mich, ob meine FSME-Impfung noch wirksam ist, bringe es einfach nicht fertig, mich vollkommen zu entspannen, auch weil es seltsam ist, wie gut wir uns auf einmal verstehen. Vor ein paar Stunden bin ich fest davon ausgegangen, dass wir uns prügeln würden. Oder Schlimmeres.

»Wem gehört das Haus eigentlich?«

»Mir.«

Ein riesiger Grashüpfer flieht mit einem Satz vor unseren Schuhen.

»Hast du es gekauft?«

Ich weiß, dass das nicht sein kann. Er hatte nie viel Geld, musste sich schon als Junge immer etwas leihen, wenn es ans Gummischlangen- oder Stickerkaufen ging. Und seine Mutter hatte wohl auch nicht viel, sie hockte ja nur bei Schlecker an der Kasse.

»Ich hab es geerbt.«

»Geerbt?«

»Ja, von Karl. Mit ihm hab ich vorher hier gewohnt.«

Er hält an, geht in die Hocke, fährt mit der Handfläche über die Grasköpfe, spricht weiter: »Ich war lange unterwegs, erst Asien, vor allem in Vietnam.«

Bilder vom Krieg drängen in meinen Kopf, von Kriegsfilmen mit Michael J. Fox und Charlie Sheen in den Hauptrollen.

»Später bin ich nach Portugal und hab in der Bar eines Freundes gearbeitet, bis er pleite war und zumachen musste. Schließlich bin ich wieder hier gelandet. Anderthalb Jahre ist das her. Anfangs wusste ich gar nicht, wohin, in unserer alten Wohnung haben damals schon andere Leute gelebt.«

Jan und seine Mutter wohnten neben dem Rathaus, über der Sparkasse, gegenüber vom Metzger. Man könnte sagen, sie

wohnten im Zentrum, wenn es im Zusammenhang mit Königsburg nicht so albern klänge.
»Die ersten zwei Wochen hab ich bei meiner Tante in Stuttgart im Gästezimmer geschlafen, aber was soll ich sagen, ich mag die Stadt einfach nicht.«
Eine Hummel stottert an uns vorbei, ihr Flug wirkt orientierungslos.
»Mein Plan war, Geld zu verdienen und wieder abzuhauen. Ein Bekannter meiner Mutter hat mir einen Job in der Papierfabrik in Villingen besorgt. Da hab ich Karl kennengelernt. Er hat mir von seinem Hof erzählt, den er eigentlich gar nicht haben wollte, aber nach dem Tod seiner Eltern dann doch übernommen hat, weil er ihnen nicht das Herz brechen wollte.«
Ich denke, dass es seltsam ist, Angst davor zu haben, den Toten das Herz zu brechen, denn normalerweise brechen sie doch die Herzen der Lebenden.
»Beim ersten Feierabendbier hab ich ihn gefragt, ob er was wüsste, wo ich günstig unterkommen könnte, worauf er mir angeboten hat, zu ihm auf den Hof zu ziehen. Seit seine Frau ihn verlassen hatte und zurück nach Kroatien gegangen war, lebte er allein und hatte zu viel Platz. Er meinte, wenn ich hier und dort mithelfen würde, müsse ich keine Miete zahlen. Bis zum letzten Herbst haben wir zusammen hier gewohnt und dann –«
Jan stockt, reißt dem Gras die Köpfe ab und schmeißt sie weg. Viel leiser spricht er weiter: »Dann hat der Krebs Karl innerhalb von ein paar Wochen den Magen zerfressen. Dieser scheiß Krebs, Max. Weißt du, manchmal glaube ich, die Leute bekommen ihn von mir.«
»Das ist doch Schwachsinn.«
Er sieht mich an, fest überzeugt.
»Tut mir sehr leid, Jan.«

»Ja.«
Er reibt sich die Augen, über die Frisur. Ich sehe eines seiner schwarzen Haare davonsegeln. Wieder rattert der Eichelhäher.
»Und dein Job in der Fabrik?«
»Eingespart.«

Am Waldrand sind die Kisten, die Waben, aufgestellt. Ein paar davon haben bunte Markierungen. Ziemlich lange stehen wir dort. Jan erzählt, wie Karl ihm das Imkern beigebracht hat. Und zum Schluss lauschen wir einfach nur dem Summen.

11

Schon wieder Weißwein, schon wieder Nebel im Kopf. Ich habe bereits Maria geküsst und Julia und Pelle und außerdem zweimal die Wahrheit gesagt.

Als sie wiederkam, fragte Maria: »Wie war's?«

»Alles gut«, erwiderte ich.

Sie wirkte erleichtert und forderte Alkohol. Als die erste Flasche leer war, drehten wir sie im Kreis und entkorkten die nächste.

Ich sitze zwischen Jan und Maria, und es fühlt sich an, als müsste es genau so sein. Dann brummt meine Hosentasche und im Handy steht geschrieben: Ich bin da. Hast du mich vergessen? Valentin.

Eilig stehe ich auf. »Ich muss los, ein Freund von mir. Er wartet in St. Georgen am Bahnhof.«

»Kannst du noch fahren?«, sorgt sich Julia.

»Ja, sicher. Kein Problem.«

Alle schauen mich an.

»Wirklich«, bekräftige ich.

Alle schauen mich weiter an.

»Bring ihn doch morgen mit, deinen Freund«, schlägt Jan vor.

»Was ist denn morgen?«

»Morgen machen wir ein Lagerfeuer.«

Konzentriert einen Fuß vor den anderen setzend, bewege ich mich Richtung Auto. Lio läuft neben mir.

»Ich bin nicht sehr betrunken. Mach dir keine Sorgen.«

»Du machst dir was vor.«
»Du kannst gar nicht sprechen.«
»Bist du da sicher?«

Schade, dass ich Jan nicht küssen musste. Ich kurble alle Fenster runter, hänge den Kopf kurz raus. Lio sitzt jetzt auf dem Beifahrersitz, dieser alte Kontrollfreak.

In einer Ausbuchtung kurz nach dem Ortsschild stehen sie, schwingen die Kelle. Ich drossele die Geschwindigkeit, schließe kurz die Augen. Als ich sie wieder öffne, sind sie immer noch da.
Die junge Polizistin weist mich an, den Motor abzustellen. Währenddessen lässt ihr Kollege schon einen anderen ins Röhrchen pusten. Der Mann trägt einen altmodischen Anzug, wirkt mit den luftgefüllten Backen wie ein Blasmusiker, den sein Orchester im Stich gelassen hat. Wacklig stelle ich die Musik aus, erhöhe die Kaufrequenz, setze all meine Hoffnung in das übertünchende Pfefferminzaroma des Kaugummis. Ich fixiere ihren Waffengürtel. Wäre ich nüchtern, könnte ich sie fragen, ob sie in letzter Zeit von ihrer Pistole Gebrauch machen musste, und vielleicht wüsste sie Näheres über die Schüsse in den vergangenen Tagen. Vielleicht könnte sie mich beschützen.
Ich bleibe still und kaue, kaue, bis der Orbit zerfasert. Und während sie ihre Pflicht tut, ihren Satz aufsagt, kotzt der Hund auf dem Beifahrersitz in den Fußraum.
»Oha«, raunt die Polizistin. »So eine Sauerei.«
»Ja«, stammle ich, darauf bedacht, so wenig Atem wie möglich freizulassen.
»Wir sind auf dem Weg zum Tierarzt. Es geht ihm schon den ganzen Tag schlecht und ich bin zu spät dran.«

Sie sieht uns an. Lio gibt alles, seine Knopfaugen wirken so erbärmlich und krank, dass die Polizistin gar nicht anders kann, als zu sagen: »Na, dann mal los. Er sieht ja wirklich ganz elend aus.«

Ich nicke, drehe den Schlüssel im Schloss, kupple vor lauter Adrenalin falsch, der Motor krächzt.

»Aber bitte trotzdem schön vorsichtig«, mahnt die Polizistin.

»Natürlich«, ich lächle beschwichtigend.

Wir fahren zurück auf die Straße, die Kotze beißt in der Nase. Hätte nicht gedacht, dass Glück so riecht.

12

Eindringling. Es ist das erste Wort, das mir einfällt, als ich auf den Parkplatz fahre und Valentin sehe. Er hat die Arme in die Hüfte gestemmt und guckt in den Himmel wie ein ferner Besucher, der auf sein Mutterschiff wartet. Ich gehe zu ihm.

»Ich habe mir überlegt, eine Szene zu machen.«

»Tut mir leid, Valentin.«

»Schon gut … das hier ist also der höchste Bahnhof der badischen Schwarzwaldbahn.«

»Anscheinend schon, ja.«

»Du siehst gestresst aus. Was ist los?«

»Hippies, Bullen, kotzender Hund.«

Wir lachen, nehmen uns in den Arm.

»Du riechst nach Spaß.«

»Ich weiß.«

Eine Lok pest vorbei Richtung Bodensee.

»Willst du sofort nach Hause?«

»Warum?«

»Wir könnten noch was trinken gehen?«

»Maximilian Flieger. Mein Freund, der Trinker.«

»Hast du Lust oder nicht?«

»Na gut, es sind ja Sommerferien.«

Valentin ist blass. Zwar habe ich an der Tankstelle mit Papiertüchern und Wasser das Gröbste ausgewischt, doch der Geruch ist hartnäckig. Ich parke seitwärts ein, die Reifen reiben am Bordstein entlang. Valentin stöhnt.

»Ich glaube, ich muss auch gleich kotzen.«
Bali, steht auf dem Schild. Früher war ich oft hier, jedes Wochenende eigentlich. Ab und zu spielte eine Punk-Band. Ich weiß noch, dass einmal Neonazis aus dem Nebenort Roland, den Besitzer, krankenhausreif geprügelt haben, weil der ihre Faschomusik nicht spielen wollte. Ich war an dem Abend nicht da, hörte später nur von den Stammgästen, dass keiner dem Roland beigesprungen war. Aber die Stammgäste hatten ja auch nichts unternommen.

Das Glas der Ladentür ist gesprungen, das speckige Holz darunter übersät von Aufklebern, gleich mehrere Strichmännchen entsorgen Hakenkreuze. Außer uns gibt es nur noch zwei weitere Gäste, langhaarige Mittvierziger, die den Tischkicker malträtieren. Der eine dreht seine Stürmerstange wie ein Wahnsinniger, bis der Ball quer durch den Raum fliegt und Valentin vor die Füße rollt. Lächelnd hebt er die kleine Kugel auf und gibt sie dem Typen zurück.
Der fragt: »Wir gegen euch?«
»Fußball ist nicht meins«, entgegnet Valentin.
Sie sehen ihn verständnislos an.
Als wir dann auch noch Weißweinschorle mit Eis statt Bier bestellen, fallen sie kopfschüttelnd vom Glauben ab. Eine Frau mit starkem Überbiss bedient uns. Ich frage nach Roland. Sie sagt, dass er letztes Jahr nach Berlin gezogen ist. Ich denke, dass das Quatsch ist, bei den Massen an Bars, die es da schon gibt.

Wir nehmen unsere Getränke mit nach draußen, setzen uns an einen der schmutzigen Tische, ein Mosaik aus Kerzenwachs, Brand- und Alkoholflecken, eine klebrige Reminiszenz an vergangene Sommerabende. Aus dem geöffneten Fenster

klappert ein dominantes Schlagzeug aus der Stereoanlage, das Geräusch des Kickers.
Unaufgefordert bringt die Barfrau eine Tasse mit Leitungswasser für Lio. Es interessiert ihn nicht.
»Wir nehmen ein Taxi und holen das Auto morgen«, schlage ich vor.
»Ich trinke höchstens ein Glas.«
Valentin nippt an seiner Schorle, schmatzt nach dem Schlucken.
»Was ist mit dir, fastest du?« Mein Tonfall ist sarkastischer, als ich möchte.
»Was ist mit dir, bist du sechzehn?«

Aufgeputscht vom Alkohol, erzähle ich Valentin detailliert von der letzten Zeit, von Jan und Maria. Kommentarlos hört er zu. Erst als ich die Einladung erwähne, sagt er: »Die Schatten deiner Vergangenheit. Auf jeden Fall gehen wir dahin.«
Schon jetzt besteht er darauf, mit dem Rad zu fahren. Ich stimme zu, erleichtert, denn ich weiß, wie konsequent Valentin schmollen kann.
Nachdem ich noch zwei Weißweinschorlen getrunken habe und Valentin mir dabei zugesehen hat, bezahlen wir und verlassen das Bali.
»Don't Look Back In Anger«, rufen uns Oasis hinterher. Als wären wir sechzehn.

Ein gedehnter Horizont mit roten, ausgefransten Rändern. Außer uns sind nur noch wenige unterwegs. Zweimal bremst Valentin für einen Fuchs.
»Eine richtige Wildnis ist das hier«, murmelt er. »Und so still.«
Hinter meinen geschlossenen Lidern überschlägt sich Schwarz. Ich mag Valentin sehr, aber in einer Sache irrt er

sich. Nicht alle Erinnerungen sind beschissen. Dieser Moment, diese Heimfahrt wird morgen früh eine Erinnerung sein und ich werde sie hüten, weil ich weiß, dass ich sie irgendwann dringend brauchen werde.

»Musst du kotzen?«, fragt Valentin.

13

Große Supermärkte deprimieren mich. Fette Frauen in Jogginghosen und Leggings, abgewrackte Burschen im Bistro im Eingangsbereich bei halbem Hähnchen und Bier, mit asynchron gewachsenen Bärten und wulstigen Augenringen wie schwarz-violette Raupen, der Mann vom Schuh- und Schlüsseldienst, der so resigniert dreinschaut, dass man ihn trösten möchte, schlimme Haarschnitte, wo man auch hinsieht.

Aber wir brauchen Würstchen für heute Abend und mit Koffein versetzte Alkopops und Softdrinks. Zumindest sagt Valentin, dass wir das alles brauchen, da er auf keinen Fall mit leeren Händen auf dem Hof auftauchen will. Deshalb sind wir jetzt hier, in diesem übertrieben klimatisierten Kaufland zwischen Donaueschingen und Villingen.

Leichtfüßig schreitet Valentin die Gänge ab, täuscht vor, mir eine Flasche Spezi zuwerfen zu wollen, und lädt sie dann einfach nur in den Wagen. Müde betrachte ich das Flaschenetikett. Er hätte mir wohl die Nase gebrochen. Heute Morgen war mir sehr nach Spezi, gerade ist mir nur noch schlecht.

Valentin war schon früh auf den Beinen, machte die Fahrräder fertig, befestigte Taschen auf den Gepäckträgern. Er muss geahnt haben, dass ich mir Transportschwierigkeiten als Grund zurechtlegen könnte, um letztlich doch mit dem Auto fahren zu dürfen.

»Wow, guck mal.« Er jongliert mit zwei Marshmallowtüten. Ich schüttle den Kopf.

An der Kasse zieht Valentin seine Show ab. Während die Kassiererin die Waren über den Scanner zieht, startet er einen lauten Monolog.
»Max, ich kann nicht mehr. Entweder du sagst es deinen Eltern oder ich mache es. Ich habe dieses Versteckspiel satt. Du kannst nicht mit mir vögeln und am nächsten Tag so tun, als sei nichts gewesen.« Er fasst meinen Bauch an, säuselt: »Okay, Maxi?«
»Na klar«, seufze ich.
Die Kassiererin verzieht keine Miene.

Die Schlange vor der Waschanlage ist lang. Aber das Auto ist schmutzig und meine Mutter hat mich darum gebeten, mündlich und per Erinnerungszettel.
Neben mir lutscht Valentin an einem Ed von Schleck. Mein Mini Milk ist schon weg. Plötzlich kommt Bewegung ins Audi-Cabrio direkt vor uns. Der Fahrer, mit Muskeln wie Popeye unter dem engen Oberteil, ohrfeigt seine Beifahrerin. Sie schreit und wehrt sich und versucht auszusteigen, doch er zieht sie an ihren Extensions zurück, worauf sie versucht mit den Zähnen nach ihm zu schnappen und er ihr erneut eine scheuert. Im ersten Moment sind wir einfach nur gebannt, als säßen wir im Autokino, als sei alles nur ein Spiel. Bis ich mein Eisstäbchen zerbreche und sage: »Wir müssen was machen.«
»Und was?«, erwidert Valentin.
Mir fällt nichts Besseres ein, als zu hupen. Einmal, zweimal. Beim dritten Mal lässt der Kerl von ihr ab und dreht sich zu uns um. Ich hupe nochmal. Er steigt aus.
»Prima, Max. Und jetzt?«
Ich sehe im Rückspiegel, dass sich noch kein anderer Wagen hinter uns eingereiht hat, werfe den Motor an und setze zurück. Herausfordernd breitet der Gorilla die Arme aus.
»Also gut«, zische ich und halte auf ihn zu. Valentin schreit

meinen Namen, ich gebe weiter Gas. Ganz knapp rettet sich der Muskelberg mit einem Sprung zur Seite und ich fahre in einer quietschenden Schleife vom Parkplatz, das Auto ist so schmutzig wie zuvor.

Fünf Minuten später halte ich in einer Einfahrt unweit des Industriegebiets.
»Gib mir bitte eine Zigarette.«
Valentin schmeißt mir die Schachtel an den Kopf.
»Bist du jetzt komplett übergeschnappt, Max?«
Ich drücke den Anzünder nach unten, antworte: »Ich wollte nicht schon wieder gar nichts tun.« Ratlos starrt er mich an. Ich stoße Rauch durch die Nase aus und erzähle Valentin von Amerika.

Nach dem Abitur war ich als Au-pair in Boston.
Meine Gastfamilie war furchtbar anstrengend. Die Eltern, Nathan und Susan, beide Ärzte, waren so gut wie nie zu Hause. Dean und Sam, ihre Söhne, nahmen mich komplett in Beschlag. In den ersten Monaten kam ich nie weiter als bis zu ihrem Kindergarten. So viel geflennt wie in dieser Zeit hatte ich vorher nie.
Erst als Sam ein Legostück verschluckte und vor Angst Nasenbluten bekam und ich vorsorglich mit ihm in das Krankenhaus fuhr, in dem Nathan und Susan Stationsärzte waren, begriffen wohl alle, dass es zu viel war. Sie machten mir keine Vorwürfe, gaben mir zwei Wochen frei und engagierten eine Nanny für die Zeit. Man muss mir angesehen haben, wie fertig ich war.

Ich fuhr zu Andreas, einem Bekannten meiner Eltern, nach New York, um runterzukommen. Er war dort Kulturreferent am Goethe-Institut.

Die meiste Zeit pennte oder las ich. Ansonsten lief ich durch die Stadt.
In der zweiten Woche setzte ich mich abends allein in eine Bar in der Lower Eastside, unterhielt mich mit einer Frau an der Theke, die deutlich älter war als ich. Sie gab mir Getränke aus, die ich sonst nicht bekommen hätte. Später lud sie mich ein, sie in ihr Appartement zu begleiten. Ich lehnte ab. Ein Fehler. Auf dem Heimweg passierte es.

Ich ging zu Fuß, weil es so eine warme Nacht war, wollte die U-Bahn ein paar Blocks weiter nehmen. Alles war schön, die Lichter, der Geräuschpegel, bis ich an einer Seitenstraße vorbeikam, so einer dampfenden, wie man sie aus den Filmen kennt. Dort sah ich sie.
Einen Jungen und ein Mädchen, kaum älter als ich. Er drückte sie an die Wand und hielt ihr den Mund zu. Sie zappelte und er schlug ihren Kopf gegen den Beton. Bewusstlos fiel sie in sich zusammen. Ich stand nur da, angestrahlt vom Licht der Laterne. Ich weiß noch, wie viele Falter um die Quelle kreisten, wie ausgeliefert ich mir vorkam. Schließlich bemerkte der Junge mich. Er lachte. Ich war wie festgefroren, wünschte mir eine Pistole, um ihn aufzuhalten. Aber außer Zündhölzern und Kaugummis hatte ich nichts in den Hosentaschen. Er kam näher und näher. Dann wachte das Mädchen überraschend schnell wieder auf, zuckte panisch und versuchte zu schreien, brachte aber nur ein paar gurgelnde Laute hervor, um ihren Kopf hatte sich eine dunkle Pfütze gebildet.
Der Junge zückte ein Messer. Es war das größte Messer, das ich jemals gesehen habe, mit scharfen, dreckigen Zacken. Er machte eine vertröstende Geste in meine Richtung und ging erneut zu ihr. Ich konnte mich einfach nicht bewegen, dass ich mir in die Hosen pisste, war alles, was ich spürte. Er riss

das Mädchen an den Haaren ein Stück über den Boden und schlug ihr mit der Faust mehrmals ins Gesicht. Pengpengpeng. Ich hörte etwas dumpf platzen. Sie bewegte sich nicht mehr. Dann sah er mich wieder an, wackelte mit der Klinge und rief: »You wanna play?«
Und da ging es auf einmal, rannte ich weg. Mehrere Blocks hetzte ich, ohne mich umzuschauen, irgendwo erwischte ich ein Taxi. Ich zitterte und stank nach Pisse.

In den übrigen Tagen verließ ich das Appartement nicht, schaute stündlich Nachrichten, doch das Mädchen tauchte nicht auf. Zwar wunderte sich Andreas, ließ mich aber in Ruhe. Einige Male war ich kurz davor, 911 zu wählen, aber ich konnte ja nicht mal den Tatort genau bestimmen und hatte viel zu viel Schiss, selbst wegen unterlassener Hilfeleistung oder so etwas bestraft zu werden. So kontaktierte ich nur die Au-pair-Organisation und schob Heimweh vor.
Ich flog zurück nach Deutschland, erzählte keinem was davon. Meine Eltern und Maria machten sich Sorgen, denn eine Zeitlang sprach ich kaum. Ihnen zuliebe ging ich zu einer Therapeutin, der ich auch nichts erzählte.
Es dauerte, aber irgendwann arrangierte ich mich damit.

Ich schnippe die Kippe aus dem Fenster.
Valentin sinkt in seinem Sitz zurück.
»Scheiße, Max.«
Er bringt die Sache auf den Punkt. Ich bringe uns zurück auf Spur.

Ein kurzes Stück fahren wir auf der Autobahn. Die Gegenseite wird neu geteert. Im Sonnenschein flackert der noch weiche Belag silbergrau, sieht einige Meter vor uns aus wie ein un-

ruhiger Fluss, der Stück um Stück versiegt, je weiter wir fahren.
»Wahrscheinlich wäre ich auch weggelaufen«, sagt Valentin und legt mir seine Hand auf den Oberschenkel.
Ich denke: Maximilian Flieger. Dein Freund, der Feigling.
Der es beinahe fertiggebracht hätte, einen unschuldigen Jungen im Wald zu erwürgen, der, als es drauf ankam, weggelaufen ist und sich in die Hosen pisste, und der auch diesmal nur gehupt hat.

Valentin versichert mir zum fünften Mal, dass er mich versteht, mein Geheimnis bei ihm gut aufgehoben ist. Er gibt sich die größte Mühe, mich aufzuheitern.
»Der Abend wird dir guttun«, sagt er und rollt voran, die Satteltaschen prall gefüllt.
Peng!
Peng!
Peng!
Ein rostiger Ford Fiesta mit knatterndem Auspuff überholt uns.

14

Anmutig sitzt Valentin auf dem Damenrad meiner Mutter. Er hat einen strammen Tritt, das bergige Gelände scheint ihn kaum zu fordern. Ich komme mit dem Mountainbike meines Vaters nicht halb so gut zurecht, schwitze ziemlich, rufe: »Pause.«

Etwa die Hälfte ist geschafft. Gut, dass wir den Hund nicht mitgenommen haben. Es ist für mich schon hart genug. Die schweren Pedaltritte in der endlos scheinenden Steigung, der Sattel, der am Arsch drückt und scheuert, 30 Grad im Schatten. Atemlos schütte ich Pfirsicheistee in mich hinein. Valentin kaut auf einem Blatt Sauerampfer herum. Ich habe meins fast unzermalmt geschluckt. Die Sache mit dem Fuchsbandwurm habe ich nicht erwähnt. Was der Stadtjunge nicht weiß, macht den Stadtjungen nicht heiß.
»Kann's weitergehen?«, fragt Valentin.
»Natürlich, Lance«, entgegne ich.
Rund zehn Kilometer noch.

Wir erreichen den Hof. Ich bin triefnass und mein Kopf glüht. Nachgedacht habe ich wenig in den letzten zwei Stunden, immerhin.
Pelle und Maria spielen Badminton über ihr Auto hinweg. Leibesübungen scheinen der Trend der Stunde zu sein.
»Hallo Sportsfreunde«, lacht Valentin.
Ich versuche nicht aus den Sandalen zu kippen.

15

Lagerfeuer. Wir halten Stockbrotteig und Würste auf angespitzten Weidenstöcken über die Flamme. Anton ist schon eine Nürnberger runtergefallen. Zusammen schauten wir zu, wie sich das Fleisch verzerrte, und das Fett zischend auslief, bevor die Wurst zu einem Brikett wurde.

Valentin erzählt Storys aus seinem Kurierleben, von Wettkämpfen mit halbstarken Gangstern, die er nach Schnellstarts an Ampeln hinter sich lässt.

Alle hören ihm zu, alle haben ihn gern. Völlig egal, dass manche Anekdoten offensichtlich übertrieben daherkommen.

Ich beobachte still, als seien die anderen um mich herum seltene, bedrohte Vögel, die man am ehesten erleben kann, wenn man sich zurücknimmt, sich ruhig verhält. Maria trägt ihr Haar offen, was früher immer ein Hinweis war, dass sie sich wohlfühlt. Vorhin hat sie Valentin erklärt, warum es vernünftig sei, ein Würstchen vor dem Grillen an mehreren Stellen anzuritzen. Die beiden kennen sich nicht. In unserer gemeinsamen Zeit in Bremen pflegten Maria und ich nicht viele Freundschaften, schon gar keine neuen. Heute kommt mir das schrecklich vor.

Nachdem sie sich getrennt hatte, vergrub ich mich zunächst in der Wohnung, die für uns beide immer zu eng gewesen war. Bald schon fühlte ich mich darin so verloren wie auf einer riesigen, einsamen Insel.

Nach der Isolation kamen die Barabende. Am liebsten saß ich in der Capri Bar und trank Whisky, obwohl ich mich damit

überhaupt nicht auskannte. Eines Abends schwang sich Valentin in Radlerhose und V-Neck-Shirt auf den Hocker neben mir.
»Kannst du's mir beibringen?«, fragte er.
»Was denn?«, fragte ich zurück.
»Das Whiskytrinken. Bisher ist mir immer furchtbar schlecht davon geworden.«
»Der Trick ist, genügend Wasser dazuzutrinken.«
»Aha.«
Er lächelte und bestellte. Wir müssen ziemlich lächerlich ausgeschaut haben, als wir anstießen.
»Valentin.«
»Maximilian, also Max.«
»Also Max.«

Jan schlägt eine Nachtwanderung vor. Julia sagt, man kann das Feuer nicht allein lassen. Jan schlägt vor, es auszupinkeln. Julia sagt, man kann das nicht machen.
Am Ende bleiben Anton und Julia als Wachposten zurück. Vielleicht wollen sie miteinander schlafen. Valentin hätte es auch gemacht, also gewacht, mit Pelle zusammen. Möglich, dass er sich eine Szene aus Brokeback Mountain ausmalte.
»Er ist ein bisschen sexy«, flüsterte er mir vorhin zu. Valentin geht dicht neben Pelle, darauf bedacht, ihn in unregelmäßigen Abständen wie zufällig zu berühren.
Jeder von uns leuchtet mit einer Taschenlampe in die Nacht. Jan hat ein Ziel, das er nicht verraten möchte. »Es ist nicht mehr weit«, sagt er zweimal, als wir pausieren und die Wegmischung herumgehen lassen. Im Wald ist es deutlich kühler und dunkler. Maria leuchtet ihr Gesicht von unten an, »Huuuh«, für ein Ungeheuer, einen Geist, ist sie trotz alkoholfleckiger Nachthaut noch immer viel zu hübsch.

Der Weg, auf dem wir laufen, ist mit weißen Steinen aufgeschüttet, auf dem ich hin und her schlingere wie Bastian Balthasar Bux bei seinem Ritt auf Fuchur im direkten Anflug auf Phantásien.
Plötzlich gehen wir vom Weg ab und erreichen, nachdem wir alle fast über eine Wurzel gestolpert sind, die moosige Lichtung. Über uns hängt ein verhungerter Mond zwischen unzähligen Sternen. Jan ordnet an, die Taschenlampen auszuschalten, und wir befolgen den Befehl unseres Anführers. Erst jetzt bemerken wir, wie es hüpft und blinkt um uns herum, als seien die Funken des Lagerfeuers uns gefolgt.
Ich habe erst selten Glühwürmchen gesehen und einen ganzen Schwarm schon gar nicht. Jan flüstert: »Ich habe sie letztes Jahr entdeckt.«

Ich halte meine Hände auf und hoffe auf müde Piloten. Ich bin ein Riesenfan.
Vielleicht wird ab jetzt alles gut.

16

Jan und ich sind die Einzigen, die übrigbleiben. Die anderen sind in ihre Betten gekrochen. Julia und Anton schliefen bereits, als wir zurückkamen. Sein Kopf ruhte auf ihrem gewölbten Bauch, eventuell morste ihm das Kind einen beruhigenden Takt ins Ohr.

Wir starren die schwächer werdende Glut an.

»Wie kamen die anderen eigentlich hierher?«

»Ich habe ihnen geschrieben, sie angerufen, zugegeben, dass ich einsam bin.«

Ich beneide ihn. Um seinen Mut, sich die Realität eingestanden zu haben. Und ich muss lachen, weil dieses Modell, dieser Entwurf hier, so realitätsfern ist.

»Ist Maria glücklich?«

»Was denkst du?«

»Ich glaube schon, ja.«

»Und du?«

»Ich bin auf dem Weg, schätze ich.«

Jan rückt an mich ran, er küsst mich.

Nackt betrachten wir uns, halten unsere zuckenden Penisse fest. Er zieht mit den Zähnen an meiner Unterlippe, fährt mit der Zunge über den Adamsapfel nach unten, feuchtwarm umspielt sie meine Eichel.

Wir nehmen seine Unterhose zum Abwischen und schlafen ein.

Ich bin triefnass, als wäre ich eben erst vom Rad gestiegen. In meiner Boxershorts klebt es. Ich liege auf der Küchenbank, der Traum hat mich dorthin gequetscht, schwanke zwischen Enttäuschung und Erleichterung. Draußen ist es hell.

17

Verschlafen wechsle ich die Boxershorts, schlüpfe in meine Radlerhose und trete hinaus. Das Gras ist feucht, vereinzelt hängen Schnecken darin. Ich achte darauf, sie nicht zu zertreten, reibe mir den Sand mit losen Fäusten aus den Augen. Die Sonne bestrahlt rote Druckstellen auf meinem Oberkörper, die die Nacht auf kantigem Holz dort überall hinterlassen hat. Außer mir sitzen alle am gedeckten Frühstückstisch unter den Bäumen wie in einem Werbespot für Joghurt oder Halbfettmargarine. Außer mir tragen alle Oberteile.

Wir sitzen fest. Die Stühle sind gepolsterte Burgen, in denen wir uns vor dem Tag verschanzen. Träge tunken wir Brötchenteile in weich gekochtes Eigelb, nippen mehrere Kaffeetassen leer. Der Kassettenrekorder spielt *Sunday Morning* und Pelle summt mit.

Valentin fängt an zu drängeln: »Ich will nicht den ganzen Tag vertrödeln. Schließlich fahre ich morgen wieder. Vorher möchte ich nach Triberg, diese riesige Kuckucksuhr und die Wasserfälle sehen.«

The Velvet Underground werden zu ABBA:

»So when you're near me, darling can't you hear me SOS.
The love you gave me, nothing else can –«

Er knipst den Kassettenrekorder aus.

Lange Umarmungen, gegenseitige Besuchsversprechen.
Ich sage: »In den nächsten Tagen.«
Valentin sagt: »Irgendwann.«
Dann sausen wir bergab, ins Tal, kaum in die Pedale tretend.

18

Die Wolken brechen. Ein unendlicher Wasservorhang, der die Formen aufweicht. Wir stehen in der Garage, gerade rechtzeitig. Mamas Golf parkt am Straßenrand und wird jetzt doch noch sauber. Die Tropfen prallen vom Boden zurück an unsere Beine, fluten den Rinnstein, schlagen Blasen in den Pfützen.
Valentin vermutet: »Du hattest keine Lust, mit mir zu den Fällen zu fahren, Mister David Copperfield. Also hast du sie direkt vor deine Bude gezaubert.« Ich knipse das Licht an, es flackert kurz wie in einer Neunziger-Jahre-Disco ohne Techno. Zwei müde Tänzer unterm Stroboskop. An der Leuchtröhre klammert ein Weberknecht, eine Licht liebende Spinne, ein Außenseiter, einer von uns. Ich zeige auf mein BMX.
»Das ist meine Kindheit.«
»Warst du ein Trickser?«
Seine Hand will irgendeinen Sprung, eine Drehung andeuten. Wahnsinnig beknackt sieht das aus, das Gelenk wirkt wie aus Gummi. Womöglich ist Valentin ein Schlangenmensch, ein X-Man, und ahnt nichts davon.
»Ach Valentin, es ist traurig, aber wahr. Ich war wirklich nie mutig.«
»Die meisten Trickser sind sowieso Proleten.«
»Netter Versuch, mein Freund.«
»Man darf nie aufhören, es zu versuchen.«
Stumm betrachten wir meine Kindheit und warten auf das Ende des Schauers. Sollte es für immer weiterregnen, hätten wir zumindest Papas Surfbrett.

80 Grad Celsius. Im schummrigen Licht unserer Kellersauna garen wir vor uns hin und spielen ein Autoquartett. In der Kategorie Hubraum verliere ich viele Karten. Die Wärme verursacht bei mir immer eine Erektion, und meine Erektion beschert Valentin ebenfalls eine Erektion, er schlägt vor, um die Wette zu wichsen, und ich habe ohnehin keine Lust mehr, Karten zu spielen, und lege los. Ich gewinne eindeutig. Für immer sechzehn.

Fernsehen: Maskenweber singen um ihr Leben, um Weibchen, preisen ihre hängenden Nester an. Unter ihnen ruht eine Herde Impalas. Ein Schildkrötenjunges will seine Mutter nicht verlassen, die verbrannt in der Sonne liegt. Da frisst eine Hyäne beide.

Im Bett: Valentin liest mir ein Märchen vor. Es handelt vom Glück.

Licht aus.

19

Glockenläuten hallt aus der Dorfkirche am Fuß des Hügels, sammelt die Katholiken ein. Wir schlafen weiter.

Putzmunter drängt Valentin darauf, wo wir jetzt schon nicht nach Triberg zur Kuckucksuhr und den Wasserfällen gefahren sind, Königsburg zu besichtigen. Da er erst in sechs Stunden fährt, könnten wir ungefähr zwölf Rundgänge machen. Andererseits ist es möglich, einen Umweg zu laufen, zwischen Rentnern im Café im Nachbarort Schwarzwälder Kirschtorte zu essen.

»Oh nein«, raunt Valentin.

Er hält Lios rechte Vorderpfote in der Hand. Ich sehe selbst nach. Die Zecke hat sich schon fett und silbrig gesaugt. Mit einer Pinzette drehe ich sie aus dem Fleisch und zünde sie danach im Aschenbecher an.

Valentins lederne Halbschuhe klappern durchs Dorf, als wären wir auf dem Weg zum Abschlussball.

Neben dem Rathaus von Königsburg liegen Stallungen, Ponys fressen aus Trögen, ein Geißbock zetert. Mit schnalzender Zunge versucht Valentin die Ponys anzulocken. Damit, dass es tatsächlich funktioniert, hat er nicht gerechnet. Streicheleinheiten fordernd, recken die Pferde ihre Gesichter über den Zaun. Valentin weicht einen Schritt zurück.

»Ich trau mich nicht.«

Die Ponys und ich schütteln den Kopf.

An der Tischtennisplatte auf dem Spielplatz meiner Grundschule laufen Kinder rund.
Hier sagen sie Mäxle dazu. Meine Großmutter nannte mich auch immer so, wenn ich auf ihrem Schoß saß, mit Milchbart und Kekskrümeln in den Mundwinkeln.
Wir schauen den rotierenden Knirpsen zu. Nach fünf Minuten werden wir aufgefordert mitzuspielen. »Keine Schläger«, sagt Valentin schulterzuckend.
Zwei der Kids geben uns ihre abgenutzten Joolas, ziehen uns mit bloßen Händen ab.
Als wir weiterwollen, sagt ein Mädchen, dass wir noch kurz warten müssen, schnallt ihre Rollerblades an und flitzt davon. Zwei Runden und zwei Niederlagen später slidet sie, ein großes Stück Lyoner in den Händen, wieder auf uns zu. Strahlend hält sie Lio das Wurststück unter die Schnauze. Uns hat sie nichts mitgebracht.

Schwarzwälder Kirschtorte, anderthalb Stücke für jeden.

Zuletzt sind wir auf dem Hügel, von dem ich ziemlich sicher weiß, dass er die schönste Aussicht bietet. Es ist zu trüb, um die Alpen in der Weite erkennen zu können. Valentin erzählt mir, dass ihm das Alleinsein große Angst macht, vor allem im Alter.
»Hast du Mitleid mit mir?«, frage ich.
»Ja, aber nicht mehr als mit mir selbst ... und ich habe auch Hoffnung.«
Wir sitzen Rücken an Rücken.

Ich sehe Valentin nach, bis der Zug hinter der Biegung verschwindet, vom höchsten Gleis der Strecke in Richtung Norden, dorthin, wo es keine Gipfel gibt. Und keine Täler.

Sinnloses Herumdrücken auf dem Handy. Seit Valentin fort ist, falle ich immer tiefer, werde zum eingesperrten Wellensittich, der, gefangen in der Enge, nur noch auf und ab läuft im verschissenen Vogelsand und sein Glöckchen fickt.
Abrupt verschwindet die Zahlenschlange, leuchtet Mama auf dem Display, bei einem Empfangsbalken. Muss eine günstige Ecke sein hier in der Badewanne, auf dem Trockenen sitzend.
Das Gerät brummt in meiner Hand, 1 Anruf in Abwesenheit.
Nach dem Löschen der Info: Nur Notrufe. Na eben. Und weiter: 3333333333 und dann das Festnetz: Hans mobil.
Meine Mutter schwärmt ins Telefon. »Herrlich« ist ihr meist frequentiertes Adjektiv.
Die einzigen Wörter, die ich verwende, sind gut und nein. Ich sage gut, als sie mich fragt, wie es so gehe. Ich sage nein, als sie vermutet, ich esse sicherlich nicht genug.
»Ach Max, du bist mundfaul.«
»Nein.«
»Ich muss Schluss machen, Papa sagt, es wird zu teuer. Ich hab dich lieb, Schatz ... Grüße von Papa. Und gieß die Pflanzen mal. Wenn was ist, rufst du an, ja?«
»Gut.«

In den nächsten zwei Tagen ist der Hof immer mal eine Idee, aber keine wirkliche Option.

20

Ich sitze auf dem Hochstand, reiße ein paar Nadeln vom neben mir wogenden Ast und schnippe sie einzeln in die Tiefe. Schwer zu sagen, was ich tun würde, hätte ich ein Gewehr. Wenigstens wäre ich gewappnet, falls es zu einem Duell kommt. Ehrlich gesagt glaube ich aber, man wird mir aus dem Hinterhalt in den Kopf oder die Wirbelsäule schießen. Die Dinge passieren selten, wenn man sie erwartet, deswegen fällt den meisten Menschen das Sterben ja so schwer.
Ich sehe über den Rand. Lio blickt zu mir auf. Mein Hund, mein Auftraggeber, dreimal am Tag. Er bewegt mich. Ich klettere nach unten, mit jedem Griff blättert Rinde von den Sprossen. Wieder ist alles so trocken, dass ein weggeworfenes Streichholz, ein besonders aggressives Glühwürmchen, ein labiler Lehrer im Handumdrehen ein Inferno anrichten könnte. Der Wind frischt auf, die Ähren unter mir wehen im Wechsellicht wie ein Ozean, und ich bin ein Matrose, der vom Ausguck die Takelage hinabsteigt, bedrückt, weil er kein Land mehr sieht.
Peng!
Ich falle.

Ich komme zu mir.
Lios Zunge schleckt warm über mein Gesicht. Ich scheine nicht verletzt zu sein, mein Genick ist nicht gebrochen. Etwas drückt im Rücken. Mühsam fummele ich es hervor.
Ein Tannenzapfen, massives Gold.

Mich immer wieder umblickend, laufe ich zurück zu unserem Haus.

Maria hockt auf den Stufen vor der Haustür. »Wollte mal schauen, ob du noch lebst.«
Ich lasse den Hund frei, wickle die Leine um meinen rechten Arm.
»Lebe noch.«
»Du siehst fertig aus, Max. Ist was passiert?« Ich würde es ihr erzählen, aber ich bin ja selbst nicht sicher, was geschehen ist, und habe keine Lust, mich vor ihr nackt zu machen.
»Ich schätze, mir ist einfach zu heiß.«
»Das passt. Ich wollte dich nämlich abholen, zum Schwimmen.«
Schwimmen. Irgendwie habe ich, trotz der Hitze in den letzten Tagen, vergessen, dass ich ziemlich gerne schwimme.
»Gute Idee, ich hole meine Badehose.«
Und während ich mich aus den Klamotten pelle und in die Badehose schlüpfe, den Gummizug festzurre, wird mir klar, dass ich es jetzt doch tue. Ich mache mich nackt vor ihr, freiwillig und für Stunden.

Tropenauto. Der Metallstecker meines Sicherheitsgurts glüht so heiß, dass ich, als er meine Haut berührt, fürchte, eine Narbe zu behalten. Ich sauge an der Stelle, wie nach einem Schlangenbiss. »Autsch«, kommentiert Maria. Sie war definitiv schon mal geistreicher, und ich war definitiv schon mal dünner. Ich spüre meinen Bauchansatz gegen die eng geschnürte Badehose drücken, schiele auf Marias Unterleib. Der ist flach wie eh und je.
Jetzt also nach Donaueschingen. Da liegt der Baggersee, der Türke, der so heißt, weil seine Farbe im Sonnenschein beste-

chend türkis ist. Wir rollen über die höchste Brücke der Umgebung. Maria dreht das Radio an. Nachrichten. Es gibt keine Meldung ohne Tote.

21

Unsere Körper glänzen cremig in der Sonne, ein Heißluftballon steigt ihr entgegen. Jungs springen schreiend vom rostigen Bagger.
Maria trägt einen schlichten Bikini und an ihren Oberschenkelinnenseiten, dort, wo der Hosenstoff aufhört, sind einige Poren verstopft und entzündet vom Rasieren.
Sie zupft ihre Bikinihose zurecht und geht voran ins Wasser. Ich folge ihr und spüre beim Anblick ihres noch immer festen Hinterns nicht die geringste Spur von Erregung.

Wir tasten uns hinein. Knöcheltief im Wasser lassen wir ein paar Steine über die Oberfläche springen. Ich schaffe zweimal drei Hüpfer. Maria schafft einmal keinen und einmal vier.
Am gegenüberliegenden Ufer raucht es so stark aus einem Grill, als würde eine Holzkohlefabrik abgefackelt. Fetzen von Marinadegeruch und orientalischer Tanzmusik umwehen uns.
»Schwimmen wir rüber?«, fragt Maria und schöpft Wasser mit der rechten Hand über ihren Nacken. Obwohl ich unsicher bin, was meine Kondition angeht, antworte ich: »Klar.«
Auch weil ich weiß, dass es auf halber Strecke eine Sandbank gibt. Ich entdeckte sie zu der Zeit, als wir mit dem Schlauchboot nach der Leiche suchten.

Eine Woche lang paddelten Konrad, ich und ein anderer Junge aus unserer Klasse über den See, wobei einer von uns immer vornüber mit dem Kopf im Wasser hing und durch eine Taucherbrille ins Trübe blickte, in Erwartung des Ertrunkenen, eines alten Mannes, der beim Frühschwimmen untergegangen war. Wir machten uns keine Gedanken darüber, was dann gewesen wäre, was der Anblick mit uns gemacht hätte. Konrad und ich hatten kurze Zeit vorher *Stand By Me* gesehen und waren sicher, dass Tote-Suchen die Freundschaft stärkt. Nach einer Woche wurde es uns dann doch zu langweilig, und auch der Junge, dem das Schlauchboot gehörte – ich kann mich nicht an seinen Namen erinnern, weiß nur noch, dass sein Rücken übersät war mit Sommersprossen –, fuhr mit seinen Großeltern in die Berge und kam nach den Sommerferien nicht wieder. Der Leichnam wurde wenige Tage später geborgen. Er hatte sich im Kettengewirr des Baggers verfangen, wir waren etliche Male über ihn hinweggeglitten.

Maria krault los. Ich hole Luft und tauche hinterher.

Im Kescher des kleinen Mädchens zappelt kein Fisch, nur tropfende Steine liegen im Netz. Sie schmeißt sie zurück in den See und stakst zurück an Land. Die Mutter wartet schon, eine geschälte Banane in der Hand.
Ich war auch so ein Kind mit Fischernetz. In jedem Urlaub bekam ich eins. Nach jedem Urlaub vergaß ich es.
Ich pumpe ganz schön. Hundertfünfzig Meter, schätze ich, sind es von einem Ufer zum anderen, für einen wie mich, der meistens nur kurz ins Wasser springt, um sich abzukühlen, ist das schon eine respektable Distanz. Maria sitzt neben mir und sieht in Richtung des qualmenden Grills.
»Wir könnten uns dazusetzen, einfach so. Wäre sicher lustig.«
Ohne mir Zeit für eine Antwort zu lassen, wird sie ernst.
»Du findest das alles bescheuert, nicht wahr? Uns, den Hof,

wofür ich mich entschieden habe. Stimmt doch, oder? Außerdem denke ich, dass du immer noch böse auf mich bist. Ich wollte mich ja melden, aber ich wusste einfach nicht, ob du das willst. Ich wünschte, wir könnten gut miteinander umgehen und ...«

Maria hält inne, weil ich lachen muss.

»Was ist, Max, ist das alles so lächerlich?«

Ich sehe in ihr ratloses Gesicht.

»Willst du die Wahrheit hören?«, frage ich.

Sie nickt fordernd.

»Ich bin neidisch. Sehr sogar.«

Ich spurte zurück in den See. Das kleine Mädchen lacht mich an, Maria bleibt sitzen und unter Wasser ist es leise.

22

Die Zeit haben wir gebraucht. Die miteinander und die ohne und vor allem die der letzten Tage. Das ist es, was ich Maria sagen möchte, während wir über die Kiesberge zurück zum Auto klettern. Doch gerade, als ich den Mund öffnen will:

Peng!

Ich werfe mich in die aufgeschütteten Steine, schlage die Hände über dem Kopf zusammen.

»Hast du das gehört? Scheiße, hast du das auch gehört?«

Maria lacht.

»Hör auf mit dem Quatsch.«

»Verdammt, ich mein es ernst. Hast du es nicht gehört? Da war ein wahnsinniger Knall, ein Schuss.«

»Da war nichts. Und jetzt steh wieder auf, du machst mir ja Angst.«

Langsam drehe ich mich auf den Rücken und blicke Maria an. Sorgen falten ihre Stirn.

»Du hast wirklich nichts gehört?«

»Nein.«

Sie streckt mir ihre Hand entgegen. Ich ziehe mich hoch.

»Vielleicht liegt es an der Sonne, dein Kopf ist auch ganz rot.«

Ich schüttle den Kiesstaub aus meinem T-Shirt, blicke mich zu allen Seiten um.

»Komm, ich fahr dich nach Hause und du stellst dich unter die kalte Dusche.«

Ich nicke.

Nach ein paar Schritten vermutet Maria: »Vielleicht hörst du Gewitter, bevor sie kommen.«
Der Himmel ist einmal mehr vollkommen wolkenlos.
»Du kannst auch mit zu uns, wenn du willst.«
»Nein, besser, du fährst mich nach Königsburg.«

Ich stecke mir den Finger in den Hals. Nichts kommt raus. Erst jetzt merke ich, dass ich heute noch gar nichts gegessen habe. Kraftlos schneide ich eine Scheibe vom Laib. Das Brot ist schon ein paar Tage alt und knautschig. Als ich den Schinken auspacke, der auch schon leicht schmierig ist, bereue ich plötzlich meine Laune beim Telefonat mit meiner Mutter und will sie anrufen. Ich will sie so dringend anrufen wie noch nie, ihre besorgte Stimme hören, mich über sie ärgern, ihr sagen, dass ich sie lieb habe.
Ich drücke die letzte Ziffer, warte auf das Freizeichen. Sofort springt die Mailbox an. Ich probiere es ein zweites Mal. Mailbox. Ich hinterlasse keine Nachricht, ich will ja nicht mich hören, sondern sie, unbedingt. Mein gesamter Körper arbeitet an einem Gefühl, das ich nicht kenne, vage hat es wohl mit Angst zu tun, gleichzeitig aber auch mit Einsicht.
Aus einem Impuls heraus will ich mit Anlauf gegen die Wand laufen, mich selbst außer Gefecht setzen. Schließlich entscheide ich mich für die kalte Dusche.

Es geht nicht vorbei. Ich kämme meine nassen Haare zurück, schiebe mir Zahnseide durch die Zwischenräume.
Ich scheiße auf die Zahnreinigung, gehe zum Kühlschrank, nehme das Einweckglas heraus und schaufle mir eine Handvoll von Mamas selbst gemachter Erdbeermarmelade in den Mund. Der Zucker zieht am Gaumen und an den Synapsen.
Meine Eltern halten mich an den Händen, lassen mich hoch-

fliegen, Papa verzweifelt beim gemeinsamen Mathelernen (»So blöd kannst du nicht sein, Max«), kauft mir eine Kamera, als ich Tierfilmer werden will, schimpft nicht, als das Gerät in einem Karton auf dem Speicher mehr und mehr einstaubt; Mama singt mir ein Schlaflied, erwischt mich beim Onanieren, tröstet mich immer und immer wieder und sagt bei jedem Abschied: »Ruf an, wenn du da bist.«

Abermals halte ich den Hörer in der Hand, abermals ist da nur die Retortenstimme.

Piep.

»Ich bin zu Hause, Mama.«

Ich lege auf.

Das Telefon klingelt.

Ich nehme an.

»Endlich, hallo. Ich dachte schon –«

»Max?«

»Valentin?«

»Ja. Stimmt was nicht?«

...

»Bist du noch da, Max?«

»Ich ... ich kann jetzt nicht, ich ruf dich später an.«

»Warte, was ist de...«

Ich lege auf.

Lio fängt an zu bellen.

»Aus«, schreie ich, und hole aus und

Peng!

zerbirst das Telefon auf dem Parkett.

Lio bellt lauter und lauter, ich sinke tiefer und tiefer. Es läutet an der Haustür.

»Sind Sie Maximilian Flieger?«, fragt der Polizist.

Neben ihm steht seine Kollegin, der ich, bei der Kontrolle vor

ein paar Tagen, schon einmal begegnet bin. Ich nicke auf seine Frage und sehe sie an. Aber sie scheint sich nicht an mich zu erinnern. Auch als Lio sich an mir vorbei nach draußen drückt, reagiert sie nicht.
Ich lege eine Hand ans Herz, wie Leute vor Gericht oder einem Länderspiel es tun.
»Um was geht es?«, frage ich.
»Es geht um Ihre Eltern.«
Der Polizist nimmt seine Mütze vom Kopf und hat, anders als ich es erwartet habe, keine Halbglatze, sondern einen Bürstenschnitt. Seine Kollegin folgt der Bewegung leicht verzögert.
»Herr Flieger, Ihre Eltern. Sie sind

23

PENG!

24

Ich liege unter dem Küchentisch, langsam dämmert es. Weil ich nicht weiterweiß, hieve ich mich auf alle viere und schlage meinen Hinterkopf gegen das massive Holz der Tischplatte. Immer schneller, immer fester.

Die Nacht kriecht heran. Mir wird schwarz vor Augen. Aus der Dunkelheit läuft der Junge aus New York, der ein Mann geworden ist, mit dem Messer auf mich zu. Grinsend positioniert er sich, bereit zum Stich.

»Wie heißt du?«, frage ich.

»Such dir einen Namen aus.«

»Patrick.«

»Okay.«

»Ich dachte, du bist auf Schusswaffen umgestiegen.«

»Ich bitte dich, Schusswaffen sind was für Anfänger oder Bankräuber. Ich schätze die intensive Auseinandersetzung mit dem Subjekt.«

Lächelnd prüft er die Schärfe der Klinge.

»Mach schon«, sage ich.

Zweiter Teil: Ferienende

25

Maria findet mich.
Sie muss eine ähnliche Ahnung wie ich zuvor gehabt haben und auf halbem Weg umgekehrt sein. Sie rüttelt an mir, und als ich nicht reagiere und sie das Blut an ihren Fingerspitzen bemerkt, gießt sie mir Wasser übers Gesicht und drückt Krepppapier auf die Platzwunde an meinem Hinterkopf.
»Was ist passiert?«, wiederholt sie ständig.
Ich kann zuerst nicht antworten. Sie verliert die Geduld, schreit, bis auch ich endlich schreie: »Sie sind tot!«

Wir fahren in die Notaufnahme. Maria sagt der Schwester, dass ich von der Hitze geschlagen und umgekippt sei und dass meine Eltern nicht mehr wiederkommen werden.
Ein Arzt, er sieht verdammt jung aus, hat babyspeckige Wangen, näht meine Platzwunde mit zwei Stichen, diagnostiziert einen Schock und lässt mir Tabletten servieren, die mich müde machen.

Am nächsten Morgen werde ich entlassen, Maria bringt mich zurück nach Königsburg. Ich kann nichts sagen. Bald werde ich etwas sagen, mich kümmern müssen. Meinen Verwandten, also dem Bruder meines Vaters, dem sportverrückten Onkel Georg, und seiner Familie muss Bescheid gegeben werden. Die einzige Person, mit der ich wirklich sprechen will, ist Valentin, aber selbst ihm konnte ich bis jetzt nur eine SMS schreiben. Er hat mir zwanzigfach darauf geantwortet.

Außer meinem Onkel gibt es keine Verwandten mehr. Mama war, wie ich, ein Einzelkind, und ihre Eltern, meine Großeltern, starben ein paar Monate vor meiner Geburt, nahezu synchron an Herzversagen. Sie bekam mich, als sie neunundzwanzig war. So alt wie ich jetzt.

»Ein bisschen zu spät«, sagte sie mal, als wir vor dem Doppelgrab der Großeltern in Konstanz standen.

Wir harkten die Erde und steckten neue Pflanzen hinein. Mama war hektisch und geräuschlos rollten ein paar Tränen über ihr Gesicht. Als sie sie wegwischen wollte, schmierte sie sich Erde auf die Wangen. Ich dachte damals, dass sie nicht versuchen sollte sich zu tarnen und dass es nicht ein bisschen zu spät, sondern viel zu früh gewesen war.

Die Großmutter, die ich kannte und mochte, die Mutter meines Vaters und von Georg, wohnte in einem riesigen Haus in Königsburg, das heute einem jungen Paar aus Hessen gehört, das eine Pension mit dem Namen Talsohle daraus gemacht hat, und strickte bis zu ihrem Tod vor sechs Jahren beinahe täglich ein Paar Socken. Oft saß ich ihr gegenüber und lauschte Dorfanekdoten. Da ging es um Eheschließungen und Ehebrüche, Obst- oder Gemüseernten, manchmal wurde ein Rind oder eine Sau geschlachtet. Einige wenige Male sprach sie von meinem Großvater, der gestorben war, als mein Vater volljährig wurde, davon, wie es einen Winter so heftig geschneit hatte, dass die Männer im Dorf im Stundentakt schippen mussten und es meinem Großvater dabei in den Rücken fuhr und er flach liegen musste. Als er mitbekam, dass die Frau an seiner Stelle das Trottoir räumte, schleppte er sich nach draußen und brüllte. Was sie sich dabei denke und was erst die Leute denken würden und dass er, wenn sie nicht sofort damit aufhöre, ihr die verdammte Schaufel ins Kreuz schlüge.

Nachdem es dem Großvater einige Winter später ins Hirn blutete, vermisste sie ihn nicht. Meine Großmutter entschied sich dafür, allein zu bleiben. Sie starb in ihrem riesigen Haus, auf ihrer Seite des Ehebetts.
Es war November, der erste Schnee rieselte, und auf der anderen Seite lag ein fertiges Paar Socken.

Eigentlich geht es also bloß darum, Onkel Georg zu benachrichtigen. An Freunde und Nachbarn will ich nicht denken. Am wichtigsten ist ohnehin, nach Kreta zu fliegen, meine Eltern nach Deutschland zu überführen und begraben zu lassen.
Sie wollten verbrannt werden, das weiß ich. Zuerst weine, dann lache ich über den Umstand, dass das jetzt nicht mehr veranlasst werden muss.
Schließlich fällt mir ein, dass der Kombi noch im Parkhaus am Flughafen Zürich steht und abgeholt werden muss. Fluchend mache ich mich auf die Suche nach dem Zweitschlüssel.

Ich hocke mit einer halb ausgetrunkenen Flasche Obstbrand in der leeren Badewanne, das Telefon im Schoß. Maria hat es wieder zusammengesetzt, außer einer kleinen Bruchstelle im Gehäuse scheint es den Aufprall erstaunlich gut überstanden zu haben. Endlich bin ich im Begriff die Nummer des Onkels zu tippen, da klingelt der Apparat. Um ein Haar kippe ich die Flasche um. Eine ausländische Nummer erscheint auf dem schmalen Display. Ich nehme an.
»Max Flieger.«
»Guten Tag, Maximilian. Mein Name ist Hannah Peleus.«
Die Stimme der Frau klingt weit entfernt und ihr Name sagt mir rein gar nichts.
»Ja?«

»Du wirst dich nicht an mich erinnern. Ich bin eine alte Freundin deiner Eltern. Als ich dich das letzte Mal gesehen habe, hast du in einem Laufstall geschlafen.«
Ich bleibe stumm, sie atmet nervös.
»Mir gehört das Ferienhaus auf Kreta, in dem deine Eltern Urlaub gemacht haben, und ich ...«
»Wie kann denn so was bloß passieren ... verdammt noch mal!«, platzt es aus mir heraus.
Ich muss weinen und höre, dass auch Hannah weint. Bibbernd nehme ich einen Schluck Schnaps, versuche ihr ein Gesicht zu geben. Es wird tiefbraun, von dicken Haaren gerahmt und faltig um den Mund. Bis eben wusste ich nicht, dass meine Eltern eine Freundin hatten, die auf Kreta lebt, ging davon aus, dass sie vorher noch nie dort waren.
Hannah fasst sich, und ich spüre, wie der Schnaps anfängt, Kreise hinter der Stirn zu ziehen.
»Die Untersuchungen der Polizei haben ergeben, dass es ein akuter Defekt der Gashauptleitung war«, sagt sie.
»Verdammt noch mal«, schluchze ich.
»Ich kann dir nicht sagen, wie leid es mir tut. Ich ...«
Sie verschluckt sich, hustet und spricht dann gedrungen und heiser weiter.
»Silas, mein Mann, und ich möchten dir sagen, dass wir alles tun werden, um dich zu unterstützen ... soweit ich weiß, musst du bald auf die Insel kommen, um –«
Sie bricht im Satz ab, weil sie weiß, dass ich bereits weiß, was ich zu tun habe.
»Ja. Ich wollte später noch einen Flug buchen. Für morgen, falls das möglich ist.«
»Ich könnte dich abholen. Wenn du willst, kannst du bei uns wohnen. Ich verstehe natürlich auch, wenn du das nicht möchtest.«

»Doch, das wäre gut. Ich will den Ort sehen, an dem sie zuletzt waren.«
»Natürlich. Hast du was zu schreiben?«
»Nein, momentan nicht.«
»Okay. Soll ich dir eine E-Mail mit meiner Nummer schicken?«
»Das wäre nett, ja.«
Ich buchstabiere ihr meine Adresse.
»Gut ... bis bald, Maximilian.«
»Bis bald.«

Wenigstens hat Hannah mich nicht gefragt, wie es mir geht. Vielleicht ist das der Grund, weshalb ich sie nicht hassen will und trotz allem gespannt auf ihr echtes Gesicht bin.

26

Ich wirbele Staub auf, höre Mäuse rascheln und piepsen. Es vergeht eine knappe Stunde, bis ich die richtige Schachtel finde. Das Gerät liegt zwischen geschnitzten Holztieren, Mitbringsel meines Vaters von seinen Afrikareisen. Auf der olivgrünen Kameratasche lese ich meinen Namen, rot aufgestickt.

Die Startseite meines E-Mail-Anbieters titelt: Elektrozigarette explodiert in Gesicht von Mann. Er verliert alle Zähne und die Hälfte seiner Zunge.
Hannah hat schon geschrieben.

Etliche Telefonate später, die bürokratischen sind mir wesentlich leichter gefallen als die persönlichen, buche ich einen Direktflug von Stuttgart nach Chania. Es gibt nur noch Tickets für die erste Klasse.

Bei Anbruch der Dunkelheit lade ich Lio ins Auto und fahre auf den Hof. Maria, Jan und die anderen machen die Gesichter, die ich erwartet habe, und nehmen mich der Reihe nach in den Arm. Jan ist als Letzter dran und flüstert mir ins Ohr: »Es geht vorbei. Man kann es sich nicht vorstellen, aber es geht vorbei.«
Maria drückt mir einen Jutebeutel in die Hand, in dem sich etwas Klobiges befindet. »Vielleicht ist es blöd. Guck erst rein, wenn du auf der Reise bist.«

Ich übergebe Maria beide Autoschlüssel, 300 Franken für die Parkgebühren und die Hundeleine.
»Ihr müsst den Kombi morgen abholen. Ich habe angerufen, der Parkhauswächter weiß Bescheid und zeigt euch, wo das Auto steht. Unser Garagentor ist nicht abgeschlossen, ihr müsst es bloß aufziehen ... ach ja, und achtet bitte darauf, dass Lio keine Maulwürfe ausbuddelt und frisst.«

Im Rückspiegel des Taxis sehe ich sie alle winken und bin froh, dass sie mich nicht flennen sehen.

27

»Dem Jungen war es so wirr im Kopfe, daß er lange nichts von sich wußte. Die Luft pfiff und sauste ihm entgegen, die Flügel neben ihm bewegten sich, und in den Federn brauste es wie ein ganzer Sturm. Dreizehn Gänse flogen um ihn her, alle schlugen mit den Flügeln und schnatterten. Es schwirrte ihm vor den Augen, und es sauste ihm in den Ohren; er wußte nicht, ob sie hoch oder niedrig flogen, noch wohin er mitgenommen wurde.«

»Entschuldigen Sie, mein Herr?«
Das Make-up der Stewardess bröckelt. Lächelnd befiehlt sie mir, meinen Sitz vorzuklappen und den Gurt anzulegen. Ich knicke ein Ohr ins Papier, stecke das Buch zurück in den Jutebeutel. Der Kapitän leitet den Landeanflug ein. Wir durchstoßen die Wolken. Ich sehe das Meer.

28

Ich stehe in der flirrenden Hitze vor dem Flughafengebäude. Wahrscheinlich bin ich der Einzige hier, der nicht für einen Pauschalurlaub auf die Insel gekommen ist. Ein Dutzend Taxis und drei Shuttlebusse – ich empfinde das als recht viel für einen so kleinen Flughafen – reflektieren die hochstehende Sonne, die Fahrer stehen in Grüppchen und rauchen, schmeißen die Stummel von sich und verstauen die dicken Gepäckstücke in den Kofferräumen. Dann stecken sie sich neue Zigaretten an und fahren die Touristen mit einigem Tempo zu ihren Hotelanlagen.
Ich sehe nach links. Niemand. Ich sehe nach rechts. Ein kleiner Junge spielt Nintendo DS, macht hektische Bewegungen. Ich sehe geradeaus. Eine Frau mit schwarzem Rock und weißer Bluse steigt aus einem roten Peugeot. Sie kommt auf mich zu.

Als ich ihr gegenüberstehe, bin ich überrascht, wie sehr mein imaginiertes Gesicht für Hannah ihrem wirklichen entspricht.
»Du siehst aus wie sie«, sagt sie, und ich frage mich, ob sie nun damit meint, dass ich meiner Mutter ähnlich sehe oder beiden. Sie umarmt mich und ich umarme sie nicht, weil ich Koffer und Rucksack nicht loslassen kann oder Koffer und Rucksack mich nicht loslassen wollen.
»Wie war der Flug?«
Ich bin erleichtert, dass auch sie, eine attraktive Endfünfzige-

rin, die entspannenden Codes für den Fall einer solchen Begegnung nicht parat hat.
»In Ordnung«, antworte ich.

Auf den ersten Kilometern schweigen wir, fahren stumm rauf und runter. Scharfkantige rote Steine türmen sich zu Bergen, die Landschaft liegt zerklüftet und trocken zu allen Seiten, Ziegen stehen im Fels und auf der Straße. Eine will den Weg nicht frei machen, meckert heiser und scharrt mit den Hufen. Erst als Hannah aussteigt und mit den Armen schlenkert, verschwindet das Tier im Gefälle. Ein paar Kurven höher hat es eine Ziege wohl nicht einsehen wollen und wird nun, als wir an ihr vorbeifahren, von Fliegen besiedelt und von der Sonne auf den Asphalt geschmolzen.
Ich halte dem warmen Fahrtwind meine flache Hand entgegen. Am Innenspiegel schaukelt ein Rosenkranz, an dem der heilige Christophorus befestigt ist. Ich tippe gegen den Schutzpatron.
»Ich bin kein religiöser Mensch«, sagt Hannah. »Aber auf diesen Straßen kann es nicht schaden, daran zu glauben, dass einer auf dich achtgibt.«
Ein antiquierter Traktor bremst unsere Fahrt an einem steilen Anstieg, wie es auch in Königsburg oft passiert. Weit unter uns schwappt das Mittelmeer, legt sich ins Zeug, in mir ein Gefühl von Urlaub zu erzeugen. Die Straße ist zu eng, um den Gegenverkehr einsehen zu können. Bei den ersten Autos, die auf uns zufuhren, rechnete ich fest mit einem Zusammenstoß.
Hannah hupt. Der Bauer auf dem Traktor gibt Handzeichen. Sie schert aus und an ihm vorbei. Auf dem Schoß des Bauern sitzt ein kleines Mädchen mit Lolli in der Backentasche und lenkt. Hannah winkt dankend, gibt Gas und weicht ein paar kleineren Felsbrocken aus.

Wir erreichen den höchsten Punkt unserer bisherigen Fahrt, Hannah drosselt die Geschwindigkeit, parkt schließlich auf einem schmalen Rastplatz mit heruntergekommenem Picknicktisch.
»Von hier hat man einen der schönsten Blicke.«
Ich denke an Valentin, vergangene Aussichten.
Wir steigen aus und setzen uns auf die wettergegerbte Lehne der Picknickbank. Fix überprüfe ich das Holz. Nicht ein Buchstabe wurde hineingeschnitzt.
Ich schnippe mir eine Zigarette aus dem Päckchen und biete Hannah auch eine an. Sie lehnt ab. Mein erster Zug ist tief und drückt in der Lunge. Ich puste den Rauch einfach formlos aus, weil es unmöglich ist, dass Valentin, mein Blutsbruder, auch wenn wir uns nie geschnitten und gemixt haben, in Norddeutschland die Zeichen sehen kann.

Ich sitze im Saal eines Schwarzwälder Multiplex-Kinos und sehe den ersten Teil von *Herr der Ringe*, den Zauberer Gandalf neben dem Hobbit Bilbo, wie er angeberisch Schiffe in die Nacht pafft, höre ein paar Kiffer in meiner Reihe anerkennend flüstern: »Der hat den Bogen raus.«

Gerade als ich wieder etwas sagen will:
Peng!
Mein Körper verkrampft, und ich muss mich anstrengen nicht auszuschlagen und von der Bank zu purzeln. Auf Hannah macht das Geräusch keinen Eindruck. Sie bleibt so gelassen wie eine Supermarkt-Kassiererin.
»Die Menschen hier schießen gern«, erklärt sie mir.

Ich drücke die Asche aus dem Filter und stecke ihn in die Hosentasche, versuche es noch einmal.

»Woher kanntest du meine Eltern? Wart ihr eng befreundet?«
Hannah zögert, dann erzählt sie: »Claudia, Hans und ich haben uns während des Studiums in Stuttgart kennengelernt.«
Meine Eltern hatten beide Architektur studiert, ziemlich schnell nach ihrem Abschluss Erfolg damit gehabt. Papa war Spezialist für unkonventionelle Winkelkonstruktionen und Mama entwarf innovative Konzepte zur Raumaufhellung.
»In den ersten beiden Semestern hatte ich keine richtigen Freundschaften geschlossen und mein damaliger Freund mich für ein sechzehnjähriges Schulmädchen verlassen.«
Auch Hannah ist also für immer mit dem sechzehnten Lebensjahr verbunden, wenngleich eher tragisch als peinlich.
»Ich bin zum Lernen öfter auf einen Kirchplatz in Heslach gegangen, weil es anonym war und fast nie Leute in meinem Alter vorbeigekommen sind. Dort bin ich deiner Mutter zum ersten Mal begegnet. Sie hat Kastanien gesammelt und gesagt, dass ich ganz schön mutig sei, zur Fallzeit ohne Helm unter dem Baum zu sitzen.«

Ein Herbsttag am Werdersee. Maria und ich sahen eine Ente, die eine Kastanie aufschnabelte. Sie bekam das Ding nicht durch den Hals und versuchte es wieder nach draußen zu würgen. Anfangs lachten wir über die beknackten Schüttelbewegungen des Vogels, doch nach ein paar Minuten drängte ich darauf weiterzugehen. Der Tag war sonnig und warm und ich wollte ihn mir nicht von einer erstickenden Ente verderben lassen. Und zum Spucken waren wir schon zu alt.

Hinter uns tuckert der Traktor vorbei und Hannah spricht weiter: »Wir sind ins Reden gekommen und haben uns noch für denselben Abend auf ihrem Zimmer im Studentenwohnheim verabredet. Deine Mutter war eine Person, bei der ich

mich sofort wohlgefühlt habe und einfach drauflosplappern konnte.«
Auch mich scheint Hannah zu mögen, denn auch mir erzählt sie ohne Zögern.
»Von da an haben wir fast jeden Tag zusammen verbracht. Es war unkompliziert, bis wir auf der Silvesterfeier eines Bekannten deinen Vater kennengelernt haben.«
Sie sagt das so, als wäre mein Vater ein Actionheld gewesen und nicht der konservative, fleißige Mann, der ein Faible für khakifarbene Kleidung hatte und seine freien Tage gerne dösend oder Kriminalromane lesend im Liegestuhl verbrachte.
»Er hat sich mit einer Flasche Absinth zu uns auf den Boden gesetzt und von Oscar Niemeyer geschwärmt, war schon ziemlich betrunken und euphorisch. Claudia hat ihn irgendwann ausgebremst, sich die Hände auf die Ohren gelegt und gesagt, dass sie tanzen und nicht quatschen wolle. Und das haben wir dann auch getan und sind an Neujahr zu dritt nebeneinander aufgewacht.«
»Moment, du meinst, ihr habt ...?«
Sie nickt und schüttelt den Kopf und lacht und hört auf zu lachen.
Ich erröte. Posthum machen meine Eltern mich zum verklemmten Waisenkind.
Und obwohl mich ihre nackten, arbeitenden Körper überfordern, diese in meiner Vorstellung viel runzliger sind, als sie damals gewesen sein können, hake ich nach.
»Und dann?«
»Dann haben wir uns ein bisschen geschämt und überlegt, was wir tun könnten. Spätabends beschlossen wir, die Sache weiterlaufen zu lassen.« Hannah schildert die Beziehung zwischen ihnen als harmonisch und nicht außergewöhnlich. Am Ende erzählt sie einfach vom Ende.

»Ich wollte mehr von deinem Vater und dein Vater wollte mehr von deiner Mutter. Wir haben einen Schlussstrich gezogen und ich organisierte mir eine Auszeit in Athen. Viel Zeit zum Grübeln oder Traurigsein hatte ich nicht. Schon in der zweiten Woche bin ich Silas begegnet. Er war gerade dabei, die baufällige Taverne seiner Eltern zu renovieren. Zwei Monate später bin ich mit ihm nach Kreta gezogen.«
Ein Düsenjäger fegt über uns hinweg und durchbricht die Schallmauer. Der Lärm verflüchtigt sich.
»In Königsburg war ich das letzte Mal zu deiner ersten Geburtstagsparty. Danach ist der Kontakt abgerissen. Vor einigen Monaten hat deine Mutter mich völlig überraschend angerufen. Wir haben lange telefoniert, und ich habe sie und deinen Vater eingeladen, ohne ernsthaft damit zu rechnen, dass sie tatsächlich auf die Insel kommen würden.«
Hannah weint, und auch ich muss weinen. Ihr Gesicht ist leicht verzerrt, ihr Kinn bebt. Sie greift in die Luft vor meinen Knien und ich reiche ihr meine Hand.
»Es war mein Haus«, schluchzt sie.
Ich drücke meine Finger gegen ihre.
»Fahr mich hin.«

29

Das einst weiße, steinerne Strandhaus liegt aufgeplatzt und versengt im Abendlicht. Absperrband wurde gespannt, um uns und andere fernzuhalten. Durch Löcher in den verkohlten Trümmern glitzert das Meer. Es war das letzte Haus im Ort, dahinter beginnt der Strand, an dem, abgesehen von planschenden Touristen, sicherlich nie viel geschieht. Ich sacke einige Zentimeter ab, mir wird schwindelig. Hannah bleibt stehen und spricht, den Blick zu Boden gerichtet.
»Wir haben das Haus jedes Jahr warten lassen, obwohl solche Pflichten hier leicht umgangen werden können. Das Gutachten im Frühjahr war einwandfrei.«
Ich bohre meinen Zeigefinger in den trockenen Boden und denke, dass es sich mit Häusern wohl ähnlich verhalten kann wie mit Menschen, die zum ärztlichen Check-up antreten, vom Doktor für fit befunden werden und dann ein halbes Jahr später trotzdem im Bett liegen bleiben oder auf dem Bürostuhl zusammenklappen oder sich vor den Zug schmeißen. Als ich mich wieder aufrichte, wird mir kurz schwarz vor Augen.
»Ich wäre jetzt gern allein.«
Sie nickt.
»Du findest den Weg?«
Ich nicke zurück.
Bevor wir die Ruine erreichten, passierten wir die Taverne. Sie ist höchstens ein paar hundert Meter entfernt.
Ich warte, bis Hannah weggefahren ist, und bücke mich, unter der Plastikbegrenzung hindurch, in den Schutt und die Asche.

Ich stehe im Schlafzimmer. Übrig geblieben ist nichts außer ein paar schwarzen Klötzen, die einmal Möbel waren. Um was für Möbel es sich handelte, kann ich nicht erkennen. Ich weiß nicht, warum, aber ich wünsche mir, dass die meisten aus Holz waren.

Auf Zehenspitzen gehe ich weiter in die Küche, der Boden macht unter meinen Schritten ein Geräusch wie bröselndes Herbstlaub, dort liegt ein Herd verbeult und zusammengedrückt auf der Seite, einzelne weiße Stellen sickern aus dem Schwarz. MENS kann ich neben den Temperaturrädern entziffern.

Ich stelle mir vor, wie meine Mutter die Fenster schließt, weil sie die schwüle Nachtluft, Mücken und Motten aussperren will, die Lichter ausknipst und zu meinem Vater ins Bett steigt. Er schläft schon. Sie legt den Kopf auf seine behaarte Brust, das gleichmäßige Auf und Ab schläfert auch sie in kürzester Zeit ein.

Frühmorgens wacht mein Vater auf. Er muss auf die Toilette. Er knipst das Licht an und

Plötzlich beginnt es unter dem Herd zu knistern.

Misstrauisch neige ich mich dem Knistern entgegen. Es verstummt. Ich trete gegen den Herd. Wieder beginnt es zu knistern und Sekunden später krabbelt ein Dutzend Käfer aus der Ritze. Verblüfft weiche ich zurück. Die Käfer patrouillieren durch das verwüstete Zimmer. Kaum zu glauben, dass etwas hier leben kann, womöglich will.

Ich krame die Kamera aus dem Rucksack und filme das Trei-

ben. Nach ein paar Minuten verschwinden die Insekten wieder in ihr Versteck. Ich versuche den Herd anzuheben. Mit ganzer Kraft gelingt es mir schließlich und darunter sind hunderte dieser Käfer, die neben- und aufeinander herumkrabbeln. Ich gehe noch näher ran. Hinter mir höre ich meinen Vater: »Sie gefällt dir also doch.«
»Ja, Papa. Das beste Geschenk aller Zeiten.«

Ich spule zurück. Ich spule vor. Ich halte das Bild an. Ich schalte die Kamera aus. Erschöpft lehne ich mich zurück in den Sand. Zwei Möwen steuern über mich hinweg, die eine schreit und die andere kackt ins Wasser. Der Horizont ist diesig, kein Land in Sicht.

30

Der Außenbereich der Taverne ist voll besetzt. Gebräunte, verbrannte und auch ein paar blasse Touristen trinken auf den Sonnenuntergang. Wahrscheinlich könnte ich nackt zwischen ihnen hindurchtanzen und sie würden mich nicht bemerken. Denn sie machen Ferien, und hier und heute zählt einzig der rote Kreis, der Stück für Stück ins Salzwasser zu sinken scheint. Sicherlich haben sie längst vergessen, dass vor ein paar Tagen für zwei von ihnen die Ferien jäh zu Ende gingen.
Durch einen klickernden Holzperlenvorhang gelange ich ins Restaurant. Die Farben Blau und Braun dominieren. Ich sehe den Tresen, an dessen Enden zwei große Seepferdchen-Figuren thronen, und Hannah, die Bier zapft. Hinter ihr hängen eine riesige Luftaufnahme von Kreta und ein Wandregal mit Spirituosen. Aus der Küche klingt ein Pfeifen, strömt ein wahnsinnig intensiver Geruch von Fleisch und Fisch in Kombination mit jeder Menge Kräutern. Ich setze mich auf einen Barhocker, so einen aus Holz, der sich nicht dreht.
»Kann ich auch eins haben?«
Hannah schiebt mir ein Pils hin und sagt: »War sehr viel heute.« Ich nicke, schlucke seltsam süßliches Bier.
»Eigentlich wollten wir ein paar Tage zumachen. Aber wenn wir die Touristen jetzt nicht mitnehmen, kommen wir am Ende der Saison nicht hin. Du siehst ja selbst, was hier los ist. Zurzeit ist es jeden Abend so voll. Silas kommt aus dem Grillen gar nicht mehr raus.« Sie platziert die vollen Gläser auf dem Tablett. »Und ich nicht aus dem Zapfen.«

Sie hält ein neues Glas unter den Hahn, betätigt den Hebel, aber es zischt und schäumt nur noch.
»Mist«, stöhnt Hannah und schreit: »Silas!«
Durch die Schwingtür schallt es zurück. Die Sprache klingt genauso kompliziert, wie ihr Schriftbild aussieht.
Fluchend kommt Silas aus der Küche. Als er mich sieht, verzögern sich seine gehetzten Schritte. Er läuft um den Tresen herum und gibt mir die Hand, zieht mich an seine Brust, die von einem weißen T-Shirt voller Kochspuren bedeckt ist und nach dem Fleisch und dem Fisch und den Kräutern riecht. Und nach frischem Schweiß. Er drückt mich fest und es ist nicht unangenehm. Silas hat schwarz-graue Locken, Dreitagestoppeln, den obligatorischen Probierbauch eines Küchenchefs und Tränen in den Augen.
»Wie sie«, sagt er und wischt sich die Augen.
In einem Mix aus Griechisch, Englisch und Deutsch spricht er mir sein Beileid aus und hastet dann in den Keller, um ein neues Fass zu holen. Ein neues Fass von diesem Bonbon-Bier.

Mittlerweile sind die letzten Urlauber nach Hause gegangen, und ich esse junge Ziege. Der Deckenventilator weht die Petersilie vom Fleisch. Es schmeckt sehr gut, gar nicht streng oder zäh. Während ich kaue, macht sich Müdigkeit in mir breit. Der Flug, das Dreieck, der Ort ihres Todes, all das hat mich doch sehr geschlaucht. Hannah und Silas sitzen mit mir am Tisch und trinken Raki.
»Habt ihr eigentlich auch Kinder?«
»Wir haben einen Sohn«, antwortet Hannah. »Sein Name ist Timon. Er ist gerade auf Malta und macht einen Ferienkurs. Englisch ist sein Problemfach.«
Sie leben auf einer Insel und schicken ihren Jungen auf eine

andere Insel, um sein Fremdsprachenniveau zu verbessern. Vielleicht macht das Festland ihnen Angst.
»Wie alt ist er?«
»Er ist gerade achtzehn geworden.«
Im Gegensatz zu mir war Timon tatsächlich eine späte Geburt.
Ich gähne und lege mein Besteck in die Fertig-Position.
»Es war lecker. Danke schön.«
Silas nickt und schenkt mir auch ein Glas Raki ein.
Zwei alte Griechen betreten das Lokal. Zuerst machen Silas und Hannah abwehrende Gesten und diskutieren mit den beiden, deuten auf ihre Armbanduhren und auf mich. Daraufhin verstummen sie. Der Dünnere nimmt seine Mütze vom Kopf, eine rote, mit der er aussieht wie Jacques Cousteau.

Wir trinken die vierte Runde. Ich habe Mühe, aufrecht zu sitzen vor lauter Müdigkeit, zwicke mich in den Arm, um sicherzugehen, dass ich nicht schon träume. Die Männer schimpfen über Politik.
»Ich kann das heute wirklich nicht brauchen«, sagt Hannah.
Silas knallt sein Glas auf die Tischplatte und wischt mit der Hand ein Genug in die Luft. Alle schweigen und trinken. Ich will mich verabschieden. Der betrunkenere der beiden alten Griechen schaut mich an.
»I am sorry«, brummt er.
Seinem Englisch nach zu urteilen war er nie auf Malta. Er spricht griechisch weiter und Hannah redet ihm dazwischen. Das einzige Wort, das ich raushören kann, ist »Stop«.
Ich will, dass Hannah übersetzt.
»Er sagt, die Explosion war so laut, dass er aus dem Bett gefallen ist. Wie fast alle aus dem Dorf ist er sofort hin und hat versucht zu helfen. Aber er konnte nichts mehr tun.« Die Alten schütteln den Kopf.

Ich sage: »Thank you.«
Sie schütteln weiter den Kopf.
»Ich bin ziemlich müde. Außerdem würde ich gern noch kurz ins Internet.«
»Ich zeige dir das Gästezimmer«, erwidert Hannah.

31

Ich sitze auf einem Stuhl mit Rollen im Büro von Silas und Hannah und google.
Zuerst die Kombination: Käfer Feuer. Der Klick auf das drittbeste Ergebnis zeigt das von mir aufgenommene Insekt. Es handelt sich um den Schwarzen Kiefernprachtkäfer, ein pyrophiles Wesen, das kurz nach Bränden seine Eier ins verkohlte Holz legt. Eigentlich können sich die Larven nur in geschädigtem Kiefernholz entwickeln.

Anschließend recherchiere ich Kretas Fauna. Laut Wikipedia gibt es hier unter anderem folgende Tiere/Motive/Protagonisten:

- Kretische Bergziege, auch Agrimi oder Kri-Kri (eher selten)
- Etrusker-Spitzmaus
- Fischadler (selten)
- Feldhase (selten)
- Kretische Wildkatze (galt bis 1996 als ausgestorben)
- Bartgeier (sehr selten)
- Gänsegeier (häufig)
- Mittelmeer-Mönchsrobbe (sehr selten)
- Steinmarder
- Mauswiesel
- Siebenschläfer
- Kretischer Dachs (wird sehr häufig überfahren)
- Schlangen, ungiftig: Leopardnatter, Würfelnatter, Balkan-

Zornnatter; giftig (für den Menschen aber ungefährlich): Europäische Katzennatter
- Europäisches Chamäleon
- Süßwasserkrabbe
- Karettschildkröte (stark bedroht)
- Laubfrosch
- Riesen-Smaragdeidechse
- Grillen und Zikaden (so häufig, dass an manchen Orten ihr abendliches Zirpen eine Unterhaltung im Freien unmöglich machen kann)

Schmaläugig lese ich eine SMS von Valentin:

Trinke Whisky. Ohne dich wird mir einfach schlecht davon.

Halt durch. V*

Ich schalte das Handy aus und stöpsle den Akku der Kamera ein. Tränen fallen gefährlich nah an die Steckdose.

32

Ich ziehe mich aus und falle auf die schmale Matratze. Sie ist hart und liegt in einem quietschenden Metallgestell, das dünne Betttuch duftet nach Lavendel und Salz. Gleichmäßig schnurrt die Klimaanlage, als säße ein zufriedener Kater hinter dem Luftzug. Ich schlafe ein und

33

fahre in einem Cabriolet auf einer Küstenstraße. Neben mir sitzt Patrick und schält Scampi mit seinem Messer.
»Was machst du hier?«
»Ich liebe Kreta. Eine herrliche Ferieninsel.«
Er schleckt Öl von seinen langen, dünnen Fingern.
»Ich bin nicht zum Vergnügen hier.«
»Nun, ich schon.«
»Arschloch.«
Ich trete das Gaspedal voll durch, wir durchbrechen die Leitplanke und segeln in den Abgrund.
Patrick reißt die Arme hoch, wie in der Achterbahn, jubelt vor lauter Spaß.

Wir stehen unversehrt am Strand, unweit von uns rekelt sich eine Robbenfamilie. Patrick schwingt einen Knüppel, ich halte die Kamera in der Hand.
»Je drastischer die Bilder, desto größer der Effekt«, sagt er.
Leichtfüßig geht er in Richtung der Tiere.
»Tu das nicht.«
»Aber das Drehbuch sieht es so vor.«
»Welches Drehbuch?«
Er bleibt stehen, wendet sich um: »Dein Drehbuch, Max. Nach meinem Vorspiel in New York habe ich eine Weile nichts von dir gehört, zwischenzeitlich hatte ich schon befürchtet, dass ich nicht gut genug war und du dich gegen mich entschieden hast. Ich bin ja so froh ...«

»Sei still, bitte!«

Er zuckt mit den Schultern und geht weiter auf die Robben zu. Plötzlich beginnt er zu rennen und die Tiere heulen zwar, fliehen aber nicht. Irgendetwas drückt mich und sie in Position, zwingt mich zu filmen und hält sie fern der Wellen. Ich zoome die Gesichter der Robben heran und erkenne in jedem einzelnen das des New Yorker Mädchens.

Patrick singt aus voller Kehle: »Ich möchte ein Eisbär sein.«

34

Ich fahre in einem roten Peugeot auf einer schmalen Küstenstraße nach Heraklion. Mein Nacken ist steif von der permanenten Klimatisierung über Nacht, außerdem kitzelt und puckert die Naht, die kleine kahle Stelle an meinem Hinterkopf. Der Heilungsprozess ist in vollem Gange, schon bald werden die Fäden gezogen.

Manche Wunden sind ein echter Witz.

Im Gegensatz zum süßen Bier schmeckte der Frühstückskaffee bitter und herb. Selbst drei Löffel Zucker machten es nicht besser. Dazu gab es Weißbrot mit Ziegenfrischkäse und Brombeermarmelade. Alles zusammen legt sich jetzt in die Kurven.

»Ist dir nicht gut?«, fragt Hannah besorgt.

»Ich habe schlecht geträumt.«

»Das tut mir leid. Aber es ist ja auch kein Wunder bei dem, was du gerade aushalten musst.«

Manche Wunden nässen stetig.

Alles ist vollkommen weiß. Das Gebäude riecht wie frisch gestrichen, blinkt heller als alle anderen. Davor sitzt eine weiße Katze auf weißen Steinkacheln unter einem schattenspendenden Busch mit weißen Blüten. Sie fixiert uns, ihr Körper ist wachsam gespannt. Ich bin noch nie einer Katze begegnet, die mich dermaßen eingeschüchtert hat. Lio würde bei ihrem Anblick Reißaus nehmen.

Um den Türrahmen sind bunte Kruzifixe gemalt. Hannah läutet, ich bin froh, sie dabeizuhaben. Vorhin im Konsulat sprach sie, wenn ich nur noch starrte.
Der Beamte mit Schuppenflechte oder Neurodermitis am Doppelkinn zerfloss mehr und mehr, je länger ich nicht zwinkerte. Er schob mir Formulare rüber, die ich mit meinem Namen gültig machte, gab mir die Adresse eines Bestattungsinstituts, mit dem die deutsche Behörde seit Jahren reibungslos zusammenarbeite und das er empfehlen könne. Durch eine letzte Unterschrift veranlasste ich, dass man meine Eltern noch heute von der Gerichtsmedizin dorthin verlegen würde. Zum Schluss drückte er mir einen Prospekt in die Hand, der einen Leitfaden für einen Fall wie meinen enthält.

Der Inhaber des Bestattungsunternehmens sieht nicht aus wie sein Gewerbe. Er ist ein junger Al Pacino mit zusammenwachsenden Augenbrauen und einer Menge Schmuck an den Fingern. Ich vermute, dass Särge sich bestens zur Waffenschieberei eignen. Allein der Stauraum und die verzwickte Sache mit der Ethik am Zoll. Wer lässt schon gerne einen Sarg öffnen, bloß weil er ein Bündel Kalaschnikows darin vermutet? Und Urnen sind wahrscheinlich nicht minder praktisch. Zwischen die Pulverisierten kann man bestimmt locker mehrere Päckchen Rauschgift stecken.

Ich entscheide mich für zwei schlichte, naturfarbene Urnen, die morgen mit meinen Eltern aufgefüllt und nach Deutschland übermittelt werden. Meine Ersparnisse hätten für all das nicht gereicht. Glücklicherweise waren meine Eltern für jeden denkbaren Fall versichert. Sie hatten mich lieb, wussten mich aber auch einzuschätzen.

»Man darf das Essen nicht vergessen«, meint Hannah, als wir wieder draußen stehen. »Auch wenn es schwerfällt.«
Tatsächlich spüre ich ein Loch im Magen, aber mehr so, als hätte ein Organhändler in der Nacht begonnen mich auszuweiden und dann mittendrin die Lust verloren und mich schnell zusammengenäht.
In den Baumkronen über uns lärmt ein Spatzenclan. Das Geräusch erinnert an ein Laserkanonensperrfeuer.

Hannah führt mich in eine schmale Gasse nahe dem Hafen. Das Restaurant sieht ein bisschen schmuddelig aus, mit seinen eingerissenen, befleckten Papiertischdecken und den ungeleerten Aschenbechern. Anscheinend gibt es hier aber den besten und preiswertesten Fisch in ganz Heraklion.
Ein mit Soldaten bemanntes Fahrzeug fädelt sich durch die Gasse. Bei unserer Einfahrt in die Stadt bemerkte ich mehrere Schilder mit dem Hinweis auf das Museum der Schlacht um Kreta und des nationalen Widerstands. Vielleicht werden die Soldaten dort hingebracht, will man alte Ausstellungsstücke gegen neue tauschen.

Unser Essen kommt. Gegrillte Sardinen mit Tomatensalat. Der Koch bringt die Teller persönlich an unseren Tisch. Er hat einen Schnurrbart, der so dicht und borstig ist, dass man mit ihm die Straße fegen könnte. Er und Hannah küssen sich auf die Wangen zur Begrüßung. Mir gibt er die Hand, was mir deutlich lieber ist.
Hannah macht vor, wie man am geschicktesten filetiert. Es schmeckt gut und anders.

Gründlich reibe ich meinen Mund mit der Serviette ab. Hannah sieht mich traurig an.

»Hast du denn jemanden zu Hause?«
Ich denke an Maria und Jan, die Möglichkeit eines Dreiecks.
»Freunde.«

35

Neugier und eine weinerliche Sehnsucht nach unbeschwerter Jugend lassen mich, zurück im Haus von Hannah und Silas, in das Zimmer ihres achtzehnjährigen Sohnes schleichen. Die Wände hier sind gar nicht so zugekleistert mit Popstars, wie ich es erwartet habe, wie sie es bei mir waren. Lediglich John Travolta und Samuel L. Jackson pappen auf der Tapete.
Ich sehe Timons CDs durch: Jay-Z, Coldplay, Blink 182 ... hier passt nichts wirklich zueinander. Dann halte ich die staubige Hülle des ersten Rage-Against-the-Machine-Albums in den Händen.

Wir hängen im Bali, erst zum zweiten oder dritten Mal. Roland gibt uns Bier, weil er einer von denen ist, die genau wissen, wie das für sie war, als Teenager auf dem Land. Außerdem ist er Geschäftsmann und junges Geld genauso gut wie das der Hängis.
Ich habe meinen ersten Vollrausch und meine Mutter putzt morgens das verkotzte Klo. »Jetzt haben wir das auch hinter uns«, sagt sie. Und ich glaube ihr und stöhne: »Nie wieder Alkohol«, und breche ein paar Wochen später in den Garten.
»Ausgerechnet die Rosen«, raunt meine Mutter vor der verschlossenen Badezimmertür.
»Killing in the Name of ...«

In der Fensterecke lehnt eine Angelrute. Die Schnur ist nicht vollständig aufgerollt, verbindet, in einer beinahe unsichtbaren Diagonalen über den Boden, Angel und Bett. Der zweite Leitfaden an diesem Tag. Am Ende der Schnur ist ein roter Schwimmer befestigt, aber kein Haken. Trotzdem denke ich an eine eiternde Fußsohle, abgelaufene Tetanus-Impfungen.

Auf dem Nachttisch steht ein Foto von Timon mit seinem Vater. Sie halten einen Wahnsinnsfisch in den Armen und grinsen, und ich kann sehen, dass es sich um ein ehrliches Lachen handelt und keines, das vom Fotografen eingefordert wurde. Timon ist ein hübscher Junge, der ohne weiteres in einer Vorabendserie den Herzensbrecher spielen könnte.

Meine Augen wandern ein kleines Stück nach unten, bis zur geschlossenen Nachttischschublade. Bis jetzt habe ich kein schlechtes Gewissen, sehe ich mich nur ein bisschen um. Ich zögere. Dann öffne ich sie doch.

Vor mir liegt eine Pistole.

Entschlossen steige ich die Treppe runter, mein Gang ist aufrechter als sonst und meine Augen glänzen, als ich den Spiegel am Ende des Treppenhauses streife.

Ich trage keine schwarze Sonnenbrille, keinen schwarzen Mantel, keine schwarzen Boots.

Ich trage eine geblümte Strandshorts. Mächtige Kopfhörer bedecken meine Ohren, »Bullet in the Head«, und neben mir geht Patrick, hat ein grünes Trikot mit der Nummer 16 an. Darunter steht Maximilian Flieger. Euphorisch schwenkt er einen Wimpel und fängt an zu singen, und statt Zack De la Rocha kommt seine Stimme aus den weichen Lautsprechern:

»Let's go, Maxi, let's go.«
»Let's go, Maxi, let's go.«
»Let's go, Maxi, let's go.«

Er fächelt mir Luft mit einem Handtuch zu, massiert meinen Nacken im Gehen, klapst mir motivierend auf den Hintern. Ich erreiche das Esszimmer, da riecht es schon wieder nach Gegrilltem, lachen Hannah und Silas sich verliebt an. Über die Kopfhörer sagt Patrick: »Sieh sie dir an. Sie freuen sich, weil sie nicht glauben können, wie lasch du bist. Dass sie so einfach davonkommen, hätten sie nicht für möglich gehalten. Was, glaubst du, würde ihr hübscher Timon tun, falls ihnen etwas zustößt? Ich meine, anscheinend kann er ja nicht mal Englisch. Also: Let's go, Maxi!« Mit der Linken will ich mir die Sonnenbrille von der Nase nehmen, die ich nicht trage, mit der Rechten hebe ich die Pistole an, ziele auf Silas Kopf und drücke ab.
Peng!
Sein Gesicht plumpst auf den Teller, zwischen Schweinehals und Gemüse. Hannah schreit und Patrick schaltet sich dazwischen: »Wenn einer Grund hat zu schreien, dann du!« Ich laufe zu ihr hin und brülle, so laut ich kann: »Halt's Maul! Es war dein beschissenes Haus.« Ich drücke den Lauf gegen ihre Schläfe, Patrick singt »How does it feel« und sie sagt

»Max?«
Hastig lege ich die Pistole zurück in ihr schlechtes Versteck. Kaum aus dem Zimmer getreten, kommt Hannah um die Ecke. Sie hat kein Loch im Kopf und sagt: »Ah, da bist du. Es gibt jetzt Essen.«
Ich nicke.

36

Jeder in Königsburg wird schon Bescheid wissen. Maria wird mit ihren Eltern gesprochen haben und ihre Mutter wird es den Frauen, die sich von ihr die Füße pflegen lassen, erzählt haben. Ein Dominostein kippt gegen den anderen.
Bei der Vorstellung, in ein paar Tagen bei der Beerdigung eine kühle Hand nach der anderen schütteln zu müssen, wird mir angst und bange. Vielleicht bitte ich Valentin, ein Hawaiihemd anzuziehen und mich während der gesamten Zeremonie im Arm zu halten.
»Dann sehen wir uns in ein paar Tagen wieder, Max. Silas wird nicht mitkommen können. Er hofft, dass du das verstehst ... du bist sehr tapfer.«
Hannah drückt mich, ich spüre ihre Brüste und frage mich, wieso sich diese Faszination nach den Säuglingsjahren verliert, bloß um in der Pubertät bei vielen Jungen wieder zurückzukehren und von da an dauerhaft einen der obersten Plätze in der Bedürfnispyramide zu belegen.
»Auf Wiedersehen.«
Mehr sage ich jetzt nicht, befolge Papas Universalrat, der da lautete: »Eins nach dem anderen.«

37

Stuttgarts Luftraum wird von einem Sommersturm eingenommen. Wackelnd nähern wir uns dem Boden, einige Passagiere rechnen offensichtlich nicht mehr mit einer Landung, krallen sich in die Armlehnen und schließen die Augen für den freien Fall. Der Kopilot beschwichtigt zunächst in schwäbisch gefärbtem Deutsch und wiederholt in angenehmem British-English.

Minuten später stellen die Passagiere erleichtert ihre Mobiltelefone an und schnallen sich ab, noch bevor die Verbotslichter über ihnen aufhören zu leuchten. Der Mann neben mir hat wegen der Luftlöcher so sehr geschwitzt, dass sein weißes Oberhemd einem vollgesaugten Küchentuch gleicht.
Vor der Kabinentür steht der Steward mit einer Nasch-Box. Mein durchgeweichter Nachbar greift sich eine Handvoll Drops, will wohl ein klares Statement in Richtung der Airline setzen.

Maria sieht sich die Auslagen einer Snack-Bar nahe dem Ausgang an. Für einen Moment wünsche ich mir, dass das alles hier Kulisse ist, Maria meine Schauspielpartnerin, wir uns gleich um den Hals fallen und küssen und dadurch ein Millionenpublikum glücklich machen. Als ich den kleinen Polarfuchs auf ihrem Windbreaker entdecke, wird mir klar, dass ich viel zu dünn gekleidet bin für den Schwarzwälder Spätsommer. Und ich erinnere mich an das flatternde Geräusch der Jacke am böigen Hafen von Göteborg, daran, wie ich Ma-

ria vorschlage, sie an einer Schnur in den Himmel steigen zu lassen und Geschichte als erster menschlicher Lenkdrachen zu schreiben.
Ich habe ihr Buch auf Kreta vergessen.

Natürlich küssen wir uns nicht. Maria klopft mir kumpelhaft auf den Rücken, hält die Luft während der Umarmung an. Als sie wieder ausatmet, riecht sie nach After Eight, einer Süßigkeit aus dem letzten Jahrhundert. Sie zieht die Verpackung ein Stück aus ihrer Jackentasche.
»Willst du auch?«
»Nein danke.«

Der Kassenautomat schluckt das Ticket, will fünf Euro für dreißig Minuten.
»Gut, dass ich mir keine Butterbrezel gekauft habe«, schnauft Maria und kramt nach dem Schein. Mit dem Lift fahren wir zum Deck 3.
»Ich bin mir ganz sicher, keine Sorge.«
Ich muss leicht lächeln bei dem Gedanken an das Musikfestival, nach dem wir den Golf für geschlagene zwei Stunden suchen mussten, Kreis nach Kreis um den Parkplatz zogen, wie Goldfische im Rundglas.

»Es geht nach rechts und bis zum Rand.«
Ich laufe hinter ihr, sehe zu, wie ihre Beine mit jedem Schritt ein leichtes O formen.
Ein nervöser, gegelter Mann kommt auf uns zu.
»Ist Ihnen zufällig ein flaschengrüner SLK aufgefallen?«, fragt er atemlos.
Maria spitzt die Lippen. »Bedauerlicherweise nicht. Wir würden Ihnen ja bei der Suche helfen, aber wir müssen zum Golf«,

entgegnet sie mit fistelnder Stimme und bläst sich ihre Strähne aus den Augen. Der Mann staunt sie an und setzt seine Suche verwirrt fort. Sie guckt zu mir, formt eine Pistole mit den Fingern, hält sie gegen die Schläfe und drückt ab.

»Siehst du, da steht er.«
Das Auto sieht mitgenommen aus, der Unterbau ist mit braunem Pfützenwasser gesprenkelt, die Scheiben haben Schlieren. Ich entferne einen Zweig, der am Scheibenwischer festhängt. Man könnte meinen, sie habe während meiner Abwesenheit an einer Rallye durch den Schwarzwald teilgenommen.

»Als du weg bist, ist der Sommer auch verschwunden. In Villingen hat der Blitz vorige Nacht dreimal ins selbe Gebäude eingeschlagen.«
Wir fahren Richtung Schranke. An der letzten Ecke nimmt uns ein flaschengrüner SLK die Vorfahrt.

38

Allmählich pustet der Wind die verwaschene Umgebung trocken. Tüten, Pappbecher und Burgerpapiere wirbeln an den Begrenzungsstreifen, immer häufiger bricht die Sonne durch. Stockend schieben wir uns durch den Feierabendverkehr über die Autobahn, am oberen Rand des baden-württembergischen Hauptstadtkessels vorbei, in dem man an heißen Sommertagen glaubt zu ersticken.

»Wie war's denn?«, fragt Maria in den Verkehrsfunk hinein. Ich befummle die Lüftungsschlitze, wische mit dem Schwamm den letzten Beschlag von den Scheiben. Nach dem Signalton, mit dem die Staumeldungen in billige Popmusik übergehen, antworte ich: »Es war wichtig, den Ort und die Leute zu sehen. Hannah, die Freundin von Mama und Papa, hat mir viel erzählt und mit dem Amtskram geholfen ... kapiert hab ich es aber noch immer nicht, ich meine, dass sie nicht zu Hause sein werden – nie mehr.«

»Ich bin da, Max. Hörst du? Die anderen und ich helfen dir.«

Ich kurble das Fenster runter, ein zerquetschter Marienkäfer klebt auf der Kante. Seufzend schnippe ich ihn Richtung Seitenspiegel, die Luft reißt ihn davon, finaler Flug.

»Ich werde Hannah fragen, ob ich nach der Beerdigung eine Weile bei ihnen auf Kreta wohnen kann.«

Maria sieht verdutzt aus. Ich weiß das, obwohl ich weiter geradeaus schaue. Einer von uns muss die Fahrbahn ja im Blick behalten.

»Ist das nicht irgendwie, also ... ein bisschen pervers gegen dich selbst? Dahin zu gehen, wo Hans und Claudia ums Leben gekommen sind? Und überhaupt, was ist denn mit der Schule?«

»Ich bin kein Lehrer.«

»Aha. Ich bin mir aber ziemlich sicher, dass du vor ein paar Tagen noch einer warst.«

»Du irrst dich.«

Der Verkehr beginnt zu fließen, Maria gibt Gas und lässt Böblingen rechts liegen.

»Was willst du denn dann machen, Max?«

Ein Waisenkind mit einer Kamera sein.

39

Die Neckarburg ist menschenleer, außer uns scheint niemand seine Klogutscheine im Restaurant der Raststätte einlösen zu wollen.
Ich sehe dem Zucker zu, wie er langsam in den Milchschaum sinkt.
»Und Lio, war er brav?«
»Er war wie du in unserer Beziehung. Entweder super drauf oder kreuzunglücklich.«
Irgendwo geht Geschirr zu Bruch, ruft jemand: »Ich hab dir doch gesagt, du sollst nicht so hoch stapeln!«
Ich blicke aus dem Fenster. An einer der Zapfsäulen für Diesel bückt sich ein Kraftfahrer unter seinen Hänger. Ich kann deutlich das haarige, obere Drittel seiner Pofalte erkennen.
Ich wende mich wieder Maria zu. Ihre schönsten Haare sind die Wimpern. Lang und glänzend wie frisch gebohnerte Mini-Halfpipes. Wenn wir neben- oder aufeinanderlagen, pustete ich die gerne an.
»Du hast mir immer noch nicht gesagt, was du stattdessen machen willst, Max.«
Die Stelle im Milchschaum, durch die der Zucker gesunken ist, hat die Umrisse eines Seepferdchens und ich antworte: »Erinnerst du dich an Jacques Cousteau?«

Sie bohrt nicht weiter. Mag sein, dass sie sich an unseren Tag am See erinnert, an das Gefühl, nachdem sie ihre Entscheidung getroffen hatte.

Alles, was sie sagt, ist: »Du könntest doch auch zu uns kommen.«
Und ich antworte: »Vielleicht später.«

Jetzt fahren wir wieder den Hügel zu unserem Haus hinauf, und es kommt mir vor, als wäre ich Monate fort gewesen. Das Haus sieht so aus, als wüsste es, was geschehen ist, scheint noch näher an den Wald gerutscht zu sein. Gebückt wippen die Blumen im Garten, etlichen hat der Hagel das Genick gebrochen. Weinblätter kleben auf dem Terrassenboden und den Fenstern, die Regentonne ist umgekippt und in den Fliederbusch gerollt.
»Ich warte auf dich«, sagt Maria und zieht die Handbremse an.

Die Schritte fallen mir so schwer, als ginge ich mit metallbeschlagenen Sohlen auf einem Magneten.
Ich hole die Post aus dem Briefkasten, packe meine dreckige Wäsche in den Keller. Mehr schaffe ich nicht. Bald danach fahren wir einen anderen Hügel hinauf. Zu einem Haus, in dem noch Menschen leben.

40

Lio bellt laut hinter der verschlossenen Tür, benimmt sich wie zu Hause, mimt den Wachhund. Er springt mich an und schleckt mir das Kinn, weicht jedoch relativ schnell zurück und sieht sich um. In seiner Welt gibt es noch immer diese Frau, die ihn ermahnt, brav zu sein.
Wir steigen über ein umgedrehtes Skateboard, ein Ölfläschchen für dessen Kugellager und zwei an Jan adressierte Briefumschläge hinweg.
Ich frage: »Wo sind sie alle?«
Maria antwortet: »Einkaufen. Hast du auf was Spezielles Appetit? Ich kann sie anrufen und bitten, es mitzubringen. Du darfst das Essen nicht vergessen, Max. Viel zu mager bist du.«
Das Essen nicht vergessen. Mein Umfeld scheint besessen von meiner Mutter zu sein.

Nach dem Abendessen – ich habe zweimal Suppe nachgeschöpft, geschlürft und den Löffel extra laut und mit Seitenblick zu Maria über das Porzellan gleiten lassen – sitzen wir im Vorderhof. Die Sonne ist spontan doch noch in die Vollen gegangen und wärmt unsere Gesichter, erhellt das Tal. Pelle hüpft mit seinem frisch geölten Skateboard auf der Straße über eine leere Bierkiste, Anton und Julia spielen Boule auf der Wiese. Für die Insekten muss es sich anfühlen, als schauerten in regelmäßigen Abständen Asteroiden auf sie nieder. Julia sieht mit ihrem Embryo-Bauch aus wie die Mutter aller Boulekugeln und ist dabei, das dritte Spiel in Folge zu verlieren. Ich sitze mit Jan und Maria an die Hauswand gelehnt. Wir schweigen und haben alle drei unsere Hosen hochgekrempelt. Jan hat die haarigsten Beine, Maria die zerstochensten. Sie kann sich im Sommer nie lange an stillen Gewässern aufhalten. Sie hat zu süßes Blut, an ihrem gesamten Körper winzige Narben vom Kratzen. Ich habe die käsigsten Beine. Man sieht mir Griechenland nicht an, wenn man es nicht weiß.

Mir fällt die ungeöffnete Post ein, sowohl die aus unserem Briefkasten als auch die an Jan.

»Ich muss die Post durchsehen und den Bestatter anrufen. Da lag auch was an dich im Flur, Jan. Hast du gesehen?«

»Ja, hab ich. War nichts Wichtiges.«

Du lügst noch schlechter als ich, Jan Kranig.

41

Valentin steht neben mir, unsere Schultern berühren sich. Der Pfarrer predigt mit lascher Stimme, viele sind gekommen, um Erde und Blumen auf meine Eltern zu werfen, um zu sehen, wie ich mich schlage.

Onkel Georg und meine Tante, sogar mein verblödeter Cousin, der natürlich Sport studiert hat, bis ihm beim Hockey mehrere Bänder kompliziert gerissen sind. Heute arbeitet er bei Heckler & Koch.

Hannah sieht man an, dass sie nicht hierhergehört. Ihr gesenkter Blick unterscheidet sie von der restlichen Trauergesellschaft. Er ist konzentriert und kein Stück neugierig auf die anderen Gestalten im Halbkreis.

Maria hält die Hand ihrer Mutter, lässt, als sich unsere Blicke treffen, schnell los, sie sieht nicht aus wie jemand, dessen Plan aufgegangen ist.

Jan wirkt am gefasstesten, wie ein Routinier in Sachen Verlust. Als meine Eltern hinabgesetzt werden, berührt auch seine Schulter meine. Einer der beiden Ministranten drückt Play auf dem tragbaren CD-Spieler:

»Here comes the sun (doo doo doo doo)
Here comes the sun, and I say
It's all right ...«

42

Ich habe das Bali für eine Totenfeier im engsten Kreis gemietet.
Zum Glück ist Onkel Georg mit Anhang sofort nach dem Friedhof aufgebrochen. Er sagte: »Die Arbeit«, und ich wusste, dass es eigentlich heißen müsste: »Europapokal, schon in sechs Stunden geht's los. VfB Stuttgart gegen Ajax Amsterdam, 'n richtig enges Ding.«
Nach dem zweiten Bier fühle ich mich bereit, die drei Gespräche, die ich mir vorgenommen habe, zu führen.

Nummer 1:
Hannah raucht jetzt doch. Über uns kleben Sterne, unter uns eingetretene Kaugummis.
»Ich muss dich was fragen, Hannah.«
»Was denn?«
»Ich hab mir überlegt, dass ich für eine Weile wegwill oder wegmuss und ... also zu euch, nach Kreta. Ich könnte in der Taverne mithelfen, ich brauch nicht viel.«
Hannah sieht mich mütterlich an, und ich bin froh, dass ich gerade einen halbwegs starken Moment habe.
Sie sagt: »Bist du sicher, dass du ausgerechnet bei uns deine nächste Zeit verbringen willst? Versteh mich nicht falsch, aber ...«
Ein Korso tiefergelegter Autos rast an uns vorbei, Hannahs rechter Stöckelschuh tritt ihre Marlboro Lights aus.
»Und was ist mit deiner Arbeit?«

»Ist sowieso nicht das Richtige für mich.«
»Willst du das wirklich?«
»Definitiv.«
»Dann bist du natürlich herzlich willkommen.«

Nummer 2:
Valentin hat leichte Schlagseite und trägt kein Hawaiihemd. In seinem eng geschnittenen Cordsakko ohne Schulterpolster sieht er eleganter und androgyner aus als je zuvor.
Wir haben jeder einen Arm um die Hüfte des anderen gelegt und sehen nach oben. Ich warte darauf, dass der Kleister versagt und die Sterne fallen.
Gegenüber stolpern zwei junge Typen aus einem Dönerladen. Der Stämmigere trägt Basecap und macht seinen Kumpel auf uns aufmerksam.
»Ey, ihr zwei Milcheimer, habt ihr geheiratet?«
Valentin kontert sofort.
»Eigentlich wollten wir heiraten, aber ich konnte einfach nicht Ja sagen, weil ich gespürt habe, dass ich dir heute Abend begegnen werde.«
Der Junge patscht sich gegen die Stirn unter seiner Yankees-Mütze, klapst seinem Freund auf den Oberarm.
»Was labert der? Hat der gesagt, er will mich ficken, Alter?«
Valentin schlüpft aus seinem Sakko, wirft es sich nonchalant über die Schulter. Die beiden schicken sich an, auf unsere Straßenseite zu wechseln.
Ich versuche sie auszubremsen.
»Könnt ihr nicht einfach weggehen, Jungs? Meine Eltern sind gestorben und wir verabschieden sie heute.«
Sie glotzen debil. Innerlich bereite ich mich auf die Keilerei vor. Es wäre meine zweite.
»Lass abhauen«, sagt der ohne Mütze.

Armeschwingend entfernen sie sich. Valentin schnauft erleichtert, dreht sich Richtung Eingang.
»Ich hole uns zwei Wodka.«

»Auf deine Eltern«, beschließt Valentin und hebt sein Glas.
Wir kippen.
»Ich hätte sie gerne gekannt.«
»Sie hätten dich gemocht.«
»Ich sie auch. Schließlich gibt es dich nur wegen ihnen.«
Valentin steckt sich zwei Zigaretten in den Mund. Als er sie glühend gezogen hat, gibt er mir eine davon.
»Ich gehe weg aus Bremen.«
Valentin ist nicht überrascht.
»Wohin gehst du denn?«
»Zurück nach Kreta, und danach muss ich noch mal nach New York. Seit sie tot sind, träume ich schlimmes Zeug, weißt du ... ich hab eine Riesenangst.«
Valentin umarmt mich, flüstert: »Du bist gut, Max.«
Ich flüstere zurück: »Netter Versuch, mein Freund.«
Und dann zieht tatsächlich eine Schnuppe Richtung Boden.
Ich wünsche mir ...

Nummer 3:
Jan versucht die Straßenlaterne auszutreten. Mit dem zweiten Versuch gelingt es ihm. Der Pfahl wackelt und die Glasfassung auf der Spitze sirrt unentschlossen, zerbricht am Ende aber nicht. Wir lassen uns auf den Bordstein nieder. »Tut mir leid, dass ich damals nicht bei der Beerdigung deiner Mutter war.«
»Am liebsten wäre ich auch nicht da gewesen.«
»Ich weiß, was du meinst.«
Im Schein der nächsten Laterne zieht eine Fledermaus ihre

Bahnen, hat es auf die Kreuzspinnen abgesehen, die dort, kühn und dumm, ihre Netze gesponnen haben.
Jan schaut mich an. Da ich vor einer halben Stunde auf Cola umgestiegen bin, wabert sein Gesicht nicht.
»Kreta wird gut«, sagt er.
»Maria hat es dir also schon gesagt.«
»Findest du das schlimm?«
»Nein. Sie ähnelt eben ihrer Mutter.«
Ich schnattere stumm mit der rechten Hand. Wir lachen.
»Jan?«
»Hm.«
»Ist alles in Ordnung? Weil ... also ich habe nämlich vor einer Weile so einen Karton bei euch gesehen und da waren jede Menge ungeöffnete Briefe drin, von der Bank und vom Anwalt, und ich habe mich gefragt ...« »Stopp, Flieger«, fällt er mir ins Wort. »Es ist alles in Ordnung. Lass uns nicht schon wieder streiten. Wer weiß, ob wir dann noch einmal Lust haben, uns zu vertragen.« Er versucht zu spucken. Der Speichel baumelt in einem dünnen Faden auf den Asphalt, ein kleines Bungeeunglück in Zeitlupe.
»Na gut«, kapituliere ich und schlage vor, wieder reinzugehen.
»Ich bleibe noch ein paar Minuten hier sitzen«, sagt Jan.
Nickend stehe ich auf.
Wir haben die Rollen getauscht. Ich gehe weg, er bleibt.

43

Ich liege im Graben des Doppelbetts. Es ist Sonntagmorgen und ich bin schon früher wach als Mama und Papa. Ich schlüpfe aus ihrer Mitte ins Wohnzimmer und gucke Trickfilme: *He-Man, Saber Rider and the Starsheriffs, Scooby-Doo, Alfred J. Kwak, Bravestarr, Als die Tiere den Wald verließen ...*

Nachmittags gehen wir eislaufen oder im Wald spazieren oder in den Wildpark oder Eis essen oder minigolfen oder zur Oma. Ich glaube an den Nikolaus und den Nachtvogel, daran, dass es immer so sein wird.

44

Ich sitze im Wohnzimmer. Lio liegt neben mir auf der Couch und hat offenbar verstanden, dass da keiner mehr ist, der deshalb schimpfen wird. Ich kraule seine Ohren und beobachte mein Spiegelbild im Schwarz des Flachbildschirms.
Hannah schläft in einem Gästezimmer des Gasthaus Ochsen, der Rest übernachtet auf dem Hof. Die erste Nacht will ich allein verbringen, glaube, dass ich das schaffen muss. Doch dann rückt die Zimmerdecke plötzlich näher und näher. Als ich versuche aufzustehen, knicken meine Beine weg. Ich versuche es immer wieder, doch ich kann mich nicht halten. Lio guckt mich staunend an. Panisch robbe ich in Richtung Küche, weil ich hoffe, dass die Tischplatte, von der ich ja weiß, wie robust sie ist, mich davor bewahren kann, zerquetscht zu werden. Meine Hände rutschen auf dem Tränenwasser und dem Rotz aus, Lio kläfft nach oben. Ich habe keine Kraft mehr. Schluchzend wälze ich mich auf den Rücken, strecke die Arme aus. Gleich berühren meine Fingerspitzen die Tapete.

Als ich die Augen öffne, sitzt Lio neben mir und sieht an die Decke. Sie ist zurückgewichen. Über mich gebreitet liegt das Tuch aus seinem Körbchen.

45

Meine Eltern hinterlassen mir eine halbe Million Euro und das Haus. Ich weiß nicht, was ich empfinden soll.
Auf dem dunklen Schreibtisch steht ein Kugelstoßpendel. Ich spiele mit dem Gedanken, den Notar zu bitten, die letzte Kugel anzuheben, damit ich meinen kleinen Finger auf die Nachbarkugel legen kann, und schwungvoll loszulassen.
Abwesend drücke ich seine Hand und er übergibt mich an seine Sekretärin, die mich mit einem Lächeln ins Treppenhaus schiebt.

Die letzten Stufen vibrieren, vor dem Altbau bearbeiten sie das Kopfsteinpflaster mit einem Presslufthammer. Ich halte Ausschau nach Valentin. Er sitzt vor der Bäckerei einige Häuser weiter und rührt in einem Pappbecher. Ich lockere den Knoten meiner Krawatte, der wummernde Arbeiter lässt seine orangefarbene Weste fallen, als eine Frau in knappem Businesskostüm vorübertrippelt – wie in einem schäbigen Werbespot für Coca-Cola light.

Hannah ist am Morgen nach der Beerdigung zurückgeflogen. Ich folge ihr, wenn alles geregelt ist. Valentin und ich steigen in vier Stunden in den IC nach Bremen. Pelle begleitet uns, auch für ihn ist der Sommer zu Ende. Sein Vater und die Universität von Göteborg haben ihm ein Ultimatum gestellt, weil sie nichts von seinem einjährigen Urlaub wussten. Er nimmt die Fähre von Bremerhaven aus.

Ich drehe eine Abschiedsrunde mit Lio, werfe einen Stock und deute einen Sprint an, aber er trottet nur dahin, schnappt einmal halbherzig nach einem Kohlfalter, lässt seine spitzen Ohren und den Schwanz hängen.
»Sei nicht böse auf mich. Ich komme doch wieder.«
»Bist du da sicher?«

Maria hat Schinken in Brotteig gebacken. Wieder essen wir im Garten, strahlt die Sonne, rauscht der Wald. Aus der Ferne mag es aussehen wie eine nachgestellte Szene aus einem Astrid-Lindgren-Buch oder ein Motiv aus einem Ferienkatalog für Bauernhöfe im Schwarzwald. Aber es ist anders als sonst, vor allem leiser, wir trinken Wasser statt Wein. Dynamische Wespen landen auf der Brotkruste, eine ertrinkt in Julias Wasserglas, eine andere quetscht Anton mit der Gabel in drei Teile. Die Fühler hören nicht auf zu zucken.

Ich trage den Tellerturm in die Küche zu Jan, der noch dabei ist, das Frühstücksgeschirr abzuspülen. Die aufgezogene Kapuze, der Hip-Hop, der aus der Stereoanlage scheppert, sein im Takt dazu nickender Kopf und der über die Teller quietschende Schwamm. Als ich neben ihm ankomme, zieht er seine Kapuze in den Nacken und regelt die Lautstärke nach unten. Wahrscheinlich würde ich es genauso machen, trotzdem ist es ein komisches Gefühl, dass in dieser Zeit alles stiller wird, sobald ich mich nähere. Ich greife nach dem Geschirrtuch, will abtrocknen, doch Jan verbietet es.
»Ich mach das, Max. Geh du wieder nach draußen.«
Daraufhin schleudere ich das karierte Tuch einen Tick zu heftig auf die Abtropffläche. Schaum spritzt in unsere Gesichter. Eine Augenbraue hochziehend, reicht mir Jan schließlich doch einen nassen Teller und stellt die Musik wieder lauter.

Als ich das Besteck trocken rubble, fällt ihm etwas ein.
»Gestern hab ich im Schuppen was gefunden, das du vielleicht brauchen kannst. Komm mal mit.«

Im Schuppen schwirren Staub und Sägespäne im Lichtkegel des Dachfensters. Ein halber Stuhl wartet auf seine Fertigstellung, Hühnerfedern in den Ecken verraten, wo die Viecher sich verstecken, seit sie Lio für eine Gefahr halten. Ein paar mannshohe Stelzen lehnen neben einer üppigen Auswahl an Feld- und Wiesengeräten, wie gemacht, um zu fensterln oder Kirschen direkt vom Baum zu beißen.

Jan öffnet eine Truhe und zieht etwas langes Schwarzes aus ihrem Innenraum. Eine Minute später hat er es aufgebaut:
Ein Dreibeinstativ.

»Wenn du willst, ist es deins.«

»Auf jeden Fall! Danke.«

Ich prüfe die Konstruktion, variiere die Höhen und stecke es schließlich zusammen.

»Was für ein Film soll es eigentlich werden? Ich meine, so spektakulär wie Afrika oder Südamerika ist die Fauna einer griechischen Insel doch wohl eher nicht.«

Julia hatte mich während des Essens gefragt, ob Kreta mit einem Plan verbunden sei. Ich erzählte spontan und frei raus, was Maria kränkte und schließlich doch zu Weißwein übergehen ließ. Pelle sagte: »Cool.« Alle anderen schwiegen höflich.

»Ich weiß es selbst noch nicht genau ... stimmt schon, aber andererseits, wie viele Filme über Tiere in Afrika und Südamerika kennst du?«

»Schon ein paar.«

»Und was ist mit Kreta?«

»Keinen.«

»Da setze ich an.«

Vielleicht stimmt, was Maria sagt, vielleicht ist es pervers, aber gleichzeitig ist es das Mindeste, was Hannah, Silas und ihr Sohn für mich tun können.

46

Valentin und ich sitzen auf seinem Balkon. Wir trinken Pfeffi.
»Am liebsten würde ich mit dir kommen.«
»Das wäre schön, aber ich glaube, das muss ich allein schaffen.«
»Manchmal klingst du wie ein abgedroschener Filmheld, Max.«
»Ein Mann muss tun, was ein Mann tun muss.« Wir lachen.
Unter uns geht eine Gruppe Jugendlicher in Richtung Viertel. Sie sprechen so angeberisch und abschätzig über Mädchen, wie es nur Jungs machen können, die noch nie gefickt haben.
»Hast du dich jemals gefragt, wie es ist, mit einer Gaspistole zu schießen?«
Valentin zieht eine Augenbraue hoch.

Die Linie 6 rollt über die Weser. Eine rote Sonne sitzt auf dem Mast eines ankernden Seglers, wie ein glasierter Apfel am Stiel. Händler bebauen die Uferpromenade mit Ständen, werden in wenigen Stunden versuchen, ihr altes Zeug zu verscherbeln. Über allem kreisen Möwen, die, bevor sie gierig nach verlorenen Stücken aus Wurst- oder Fischbrötchen hechten, die Thermik eines ruhigen Morgens genießen.
Außer mir lümmeln sich ein Zimmermann auf der Walz und ein nachtbleiches Pärchen auf den Sitzen. Ich bin der Einzige von uns, der wach ist und auf die vorbeiziehende Stadt blickt. Die Route zum Flughafen führt an Orten vorbei, die mir nichts

bedeutet haben und jetzt besonders schön, fast erhaben wirken.
Sogar ein Penner, der gegen das Tor der Beck's Brauerei pinkelt, erscheint mir heute nicht bemitleidenswert, vielmehr als einer, der stolz sein Revier markiert.
Ich filtere und gestalte die Stadt, packe sie in den Hinterkopf.
So habe ich es auch mit meinen Eltern gemacht. Ich habe ein Foto ausgesucht, auf dem sie beide im Garten sitzen, und es in mein Portemonnaie gesteckt. Am Ende wollte ich einfach, dass sie lächeln.

Ich hebe ab.

Dritter Teil: Inseln

47

Vor meinen Füßen treibt ein hohler Krabbenkörper in der seichten Mittelmeerbrandung. Ein Schiff kreuzt meine Sicht, nicht auszumachen, ob es einen Hafen ansteuert oder verlässt. Und der Krabbenkörper, seine schwerelos tote Bewegung, animiert mich. Ich beginne zu wippen, von den Knien aufwärts, und verwackele das Bild.

Es ist Ende September, die Saison bald vorbei. Meine Arbeitswoche hat sieben Tage, weil es immer ein paar Gäste gibt und ich ansonsten Tiere suche. Bis jetzt habe ich knapp eine Viertelstunde Filmmaterial; Ziegen, tote und fidele Jungdachse, schmusende Gottesanbeterinnen, eine Schlange, kein Chamäleon bisher.

Nun kenne ich auch Timon. Zu Anfang war er nicht sonderlich begeistert von mir. Vielleicht weil ich mich bei unserem ersten Zusammentreffen lehrerhafter denn je gab. Ich drückte seine Hand zu fest und erkundigte mich im zweiten Satz, ob sein Malta-Aufenthalt den Englisch-Vokabeln genützt habe. Er antwortete mit einem der souveränsten und kühlsten Gesichter, die ich bis zu diesem Zeitpunkt gesehen hatte. Clint Eastwood, Bruce Willis, Timon Peleus.
Das Eis brach erst einige Tage später, als ich frühmorgens am Strand stand und versuchte, Flundern zu filmen, die sich, bei jedem Schritt, den ich im flachen Wasser tat, aus dem Sand schüttelten und davonwaberten. Ich checkte meine Aufnah-

me und war unzufrieden, da alles, was man erkennen konnte, kleine Sandwolken waren, nicht mehr als flache, fliehende Schatten. Timon joggte heran, sein Oberkörper austrainiert und gleichmäßig gebräunt. Er bremste und fragte in nahezu akzentfreiem Deutsch: »Was machst du eigentlich hier?« Ich ließ den Camcorder sinken.

Als ich es ihm erzählt hatte, stellte Timon fest: »Klingt nach einer echt bescheuerten Idee.« Und nach kurzer Pause fügte er hinzu: »Ich weiß, wo du Schlangen findest. Wenn du willst, zeige ich sie dir nachher.«
Er schwang sich in den Handstand und wieder auf die Füße, zog seine Turnschuhe aus und flitzte ins Meer. Einige Züge später rief er mir zu: »Na komm schon, Gastbruder. Schwimmen ist gesund.«
Seitdem verbringen Timon und ich viel Zeit miteinander, ist er mein Assistent.

49

Vorgestern Nacht fragte Patrick: »Wann kommst du?«
Er trug ein I-love-New-York-T-Shirt. Das Herz zwischen den Worten war nicht gemalt. Es war ein echtes, menschliches Herz, mit großen Sicherheitsnadeln auf die Baumwolle gesteckt. Und ich sagte, mit der Stimme meines Vaters: »Eins nach dem anderen.«

49

Unerwartet ist der Sommer zurückgekehrt, powert ein Hoch über der Insel. Schon in der kleinsten Bewegung zerfließt man. Ich luge matt durch die Lamellen der hölzernen Balkonflügeltür in die Palmkrone und weiter ins blassblaue Nichts. Der kugelige Stamm der Palme, ihr Wuchs, löst in mir ständig die Lust auf frische Ananas aus. Wie praktisch es wäre, wenn ich einfach nur ein Loch hineinbohren müsste, um an den Saft zu gelangen. Seufzend trinke ich einen Schluck von Hannahs selbst gemachtem Eistee. Ich tanke Kraft für einen weiteren Meergang. Es ist das Einzige, was ich heute zustande bekomme, für alles andere ist es zu heiß.
Für den Abend hat ein holländischer Motorradklub den größten Tisch in der Taverne reserviert, es wird noch anstrengend genug. Timon ist bis 16 Uhr in der Schule in Chóra Sfakion, danach muss er im Restaurant mithelfen. Während der Saison hat er keine Wahl. Erstaunlicherweise motzt er nie, ist aufrichtig hilfsbereit und stets lächelnd unterwegs. Im Normalfall meide ich solche Leute. Hier habe ich keine Wahl. Zurzeit versucht Timon mir beizubringen, wie man Cocktails mixt. Erst habe ich mich furchtbar dumm angestellt und den Shaker zerbeult, inzwischen sind meine Sundowner aber genießbar.

Triefend betrachte ich das Areal, auf dem das Ferienhaus stand. Ein Russe investiert in den Bau eines kleinen, luxuriösen Hotels auf dem sauber abgetragenen Grundstück. Die Arbeiten sollen noch in diesem Jahr beginnen. Meine Eltern

haben Hotels gehasst. Papa sagte über die Vollpension: »Im Prinzip ist es nicht anders als im Krankenhaus, bloß sonniger. Die machen dein Bett und schreiben dir vor, wann du essen musst. Absoluter Blödsinn!«
Ich glaube, Mama fand seine Einstellung mit fortschreitendem Alter zu rigoros und fast ein bisschen schade.
Über mir hängt die erste kleine Wolke seit Tagen. Und weil der Himmel hier so arm an Dramen ist, wirkt der weiße Fetzen verloren wie ein Jungtier, das von seiner Herde getrennt wurde.

Ich stehe leicht in der Hocke, das Becken nach vorn geschoben. Mein Strahl löst einen Rest Kacke vom Porzellan, Timon hat ihn dort vergessen.
Vom Strand ein Rauschen, pausenlos.

50

Der Wind bläst die Tischdecken aus den gespannten Gummibändern in die Speisen der Gäste. Dünne Katzen schieben sich zwischen den Füßen hindurch, lauern auf etwas zu fressen.
Vorher haben Timon und ich die Garnituren, die Essig- und Ölflaschen abgewischt. Spaßeshalber haben wir Zahnstocher aus den Tütchen geschoben, sie uns zwischen die Zähne gesteckt, um sie dann wieder vorsichtig zurück in die Verpackung zu schieben. Einer der Leder-Holländer steckt sich gerade ein Hölzchen in den Mund.
Mein zweites Bier kühlt die rechte Schläfe. Timon sitzt mir, sein aufgeklapptes Notebook vor sich, gegenüber und chattet mit zwei fünfzehnjährigen Mädchen aus Chania. Im Tippen presst er die Zunge konzentriert von außen an die Oberlippe. Auf dem Weg zur Toilette zwinkert uns der Holländer an, nimmt den Zahnstocher dafür kurz aus dem Mund. Ich und Timon nicken freundlich und sehen ihm hinterher. In seinem Nacken klemmt eine bunt verspiegelte Sonnenbrille.
Timon sagt: »Bei dem ist es wie anspucken.«
Es gibt bei der Zahnstochersache zwei Optionen für Timon: Falls ein hübsches Mädchen – von Jungs spricht er nicht, aber das muss nichts heißen, habe ich zu Valentin gesagt – einen seiner Zahnstocher benutzt, dann küsst sie ihn, ohne es zu wissen, aber auch ohne weitere Konsequenzen für ihn. Dem ganzen Rest spuckt er einfach heimlich ins Maul. »Du bist ein Gangster«, raune ich, schlucke eine große Menge Bier und schließe die Augen.

In meiner Vorstellung ist Timon um einiges älter und injiziert die gefährlichsten Gifte mit Spritzen in Dosen und Plastikbeutel. Er ist der meistgesuchte Lebensmittelterrorist der Welt geworden. Und ein Waisenkind.
Hannah und Silas sterben an ihrem Olivenöl, von dem sie immer dachten, dass es sie extra alt werden lässt. Timon schickt mir Jahre später eine E-Mail aus dem Untergrund. Darin heißt es: Jetzt sind wir quitt, Gastbruder. Hast du Interesse, meine Geschichte zu verfilmen?
Ich antworte, dass »quitt« in diesem Zusammenhang nicht ganz korrekt ist, da Hannah und Silas ja von ihm umgebracht wurden und nicht von mir und ich mich momentan an der Westküste der Vereinigten Staaten befinde, voll ausgelastet mit der Suche nach zwei der seltensten Tiere der Welt, dem Kalifornischen Insel-Graufuchs und dem Kalifornischen Schweinswal.
Du wirst immer der Lehrer bleiben, schreibt er zurück.
Es ist das Letzte, was ich von ihm höre. An seinem dreiunddreißigsten Geburtstag erschießt er sich vor einer englischen Sprachschule in Valletta.

Hannah ruft aus der Küche. Die Holländer fressen Pommes ohne Ende.

Nach Feierabend schnappe ich mir Taschenlampe und Kamera. In der Bucht nebenan, im Stauwasser eines muschelgesäumten Felsens, wohnen Krebse. Ab und zu bringe ich ihnen Fischstücke und nehme sie beim Zerteilen und Wegschaffen auf. Cut.

51

Sie landet und setzt an, dann schlage ich zu.
Um mich herum kleben ungefähr ein Dutzend toter Mücken. Nachts klatsche ich sie an die nackten Wände, platzt mein Blut aus ihren Körpern heraus und ergibt spontane Bilder. Eins ähnelt einem Reiter im Galopp, der Rest ist abstrakt. Ich habe mir eine Familientube Fenistil und einen kleinen Topf mit weißer Farbe besorgt. An jedem Sonntag kratze ich die vertrockneten Körper ab und überpinsele die Malheure.

Unruhig drehe ich mich vom Bauch auf den Rücken und wieder auf den Bauch. Mein Magen poltert und zuckt, als ob jemand darin flippern würde.

Im Badezimmer hämmere ich mit den Fingern gegen die Kacheln, drückt sich Schweiß aus allen Poren. In mir rumort und krampft es heftiger. Ich verziehe das Gesicht, Spucke seilt sich aus dem Mund auf den Boden ab, landet zwischen entwurzelten Haaren und Sandkörnern. Ob ich jetzt auch sterben muss? Ob es hier im Winter wohl schneit?
Aus der Dose auf der Armatur lugt ein Zipfel Rasierschaum. Ich beiße die Zähne zusammen, greife den Schaum und sprühe drauflos, drücke meinen Daumen blau, verwandle das Waschbecken in ein verschneites Tal, das nach Kamille duftet. Jemand drückt die Klinke von außen. Ich drehe den Hahn auf: Sturzwasser, Schneeschmelze. Mit gepresster Stimme vertröste ich den Störenfried: »Moment noch.«

Rasch bringe ich das Waschbecken in Ordnung und öffne die Tür.
Und da steht Hannah. Ihre Augen sind klein wie Hemdknöpfe. An manchen Tagen denke ich, dass sie meiner Mutter sehr ähnlich sieht, daran, wie es sein könnte, wenn die drei sich anders entschieden hätten. Vielleicht wäre ich dann am Mittelmeer, auf einer Insel, groß geworden und so unbeschwert wie Timon. Oder ich wäre nie geboren worden.
Ich sage: »Entschuldigung«, und: »Gute Nacht.«
Sie sagt: »Gute Nacht, Max ... stimmt was nicht?«
»Mir war ein wenig flau, aber es wird schon wieder besser.«
»Willst du eine Tablette?«
»Wenn du eine hast, wäre das vielleicht ganz gut.«
Hannah kramt im Arzneischrank und reicht mir ein Päckchen.
»Danke.«
»Soll nicht doch besser ich Timon morgen zur Schule bringen?«
»Nein, nein, ich mach das.«
Seit einer Woche ist die Straße nach Chóra Sfakion morgens voll und die griechischen Busfahrer streiken. Jeden zweiten Tag fährt Timon mit dem Moped, doch das ist auch nicht mehr ganz neu und dauert doppelt so lange. Eine Einigung im Tarifstreit ist nicht in Sicht, und für einen Zweitwagen und Timons Führerschein fehlt der Familie Peleus in diesen Zeiten schlicht das Geld.
Hannah nickt und reibt mir über den Oberarm. Ich vergesse das Gehen, bis sie schließlich sagt: »Ich muss wirklich dringend aufs Klo.«

Zurück im Zimmer, drücke ich eine Tablette aus der Packung. Sie scheint mir ein wenig zu groß und ich sehe mir die Schachtel genauer an. Von wegen Tablette, was ich zwischen Daumen und Zeigefinger halte, ist ein Zäpfchen.

Weil in der Packungsbeilage »gegen Schmerzen und Fieber« steht, streife ich die Unterhose ab, lege mich auf den Rücken und hebe die Beine. Das zweite Zäpfchen meines Lebens. Bei dem ersten war ich 40 Grad heiß und Mama saß an meinem Bett. Bevor es losging, sagte sie: »Volle Kraft voraus für das Fieber-weg-U-Boot.«

Sieben Uhr, der Wecker schellt. Keine Schmerzen mehr. Gleich fahre ich Timon in die Schule, zumindest glauben Hannah und Silas das.

52

Wir lassen das durchlöcherte Ortsschild hinter uns, biegen ab in Richtung der Weißen Berge. Auf der Insel gibt es kaum Straßenschilder, die nicht zerballert sind.
»Beinahe jeder hier hat eine Knarre«, versicherte mir Timon vor drei Tagen, als er sein Zimmer abschloss und mir die Pistole zeigte, die ich längst kannte. Ich tat erstaunt und fragte: »Wofür brauchst du die?«
Er antwortete: »Zum Spaß.«
»Und von wem hast du eine Waffe? Ich nehme an, nicht von Hannah und Silas.«
»Sie würden ausrasten.«
Timon betrachtete die Pistole. Plötzlich zielte er auf mich, ich blieb ruhig. »Wenn du abdrückst, stirbt der Name Flieger ganz aus.« Meine Lüge wirkte.
Timons Gesicht wurde ernster und er sagte: »Ist nicht geladen.«
»Ich weiß«, sagte ich und wiederholte die Frage: »Von wem hast du die?«
»Von Ioannis.«
»Wer ist Ioannis?«
»Das ist Papas Onkel, er ist Bauer in den Bergen. Alle paar Wochen fahren wir zu ihm und holen Fleisch und Oliven für die Taverne. Manchmal bleibe ich übers Wochenende und helfe ihm, dann lässt er mich schießen. Die Pistole darf ich eigentlich nicht mitnehmen, aber er hat mehrere und nicht gemerkt, dass ich sie beim letzten Mal eingesteckt habe. Ich

wollte einfach nur Zielen üben, ehrlich ... also, ich hab wirklich nicht vor, jemanden zu erschießen, falls du dir deshalb Sorgen machst.«

Ich machte mir keine Sorgen, höchstens Gedanken, und die hatten wenig mit ihm zu tun.

»Wir können diese Woche ja mal zusammen hin. Du willst doch unbedingt ein Chamäleon finden, und ich habe da mal eins gesehen. Es war zwar schon tot, aber vielleicht gibt es noch mehr ... okay?«

Ich nahm ihm die Waffe aus den Händen, wog ab.

»Klingt gut.«

»Riechst du das?«

Timon saugt Luft durch die Nase. Das Hochland steht voll von knorrigen Olivenbäumen. »In zehn Minuten sind wir da.«

Der Jeep holpert im Schritttempo über Schotter. Mit Glocken behangene Ziegen bimmeln vor uns her, eskortieren uns zu ihrem Besitzer. Zu allen Seiten wächst Ioannis' Lebensunterhalt, liegen engmaschige Netze am Boden und fangen die herabfallenden Oliven auf, ich denke an Hochhausspringer und Trapezakrobaten.

Jenseits der Felle taucht das Haus auf, ein länglicher Flachbau aus grauem Stein, davor Arbeitsgerät, wild verstreut. Ein VW-Käfer rostet vor sich hin, beäugt von drei Zypressen, die im Halbkreis drumherum gewachsen sind.

Wir steigen aus. Timon dehnt seinen Autokörper, reckt sich in Richtung Himmel wie eine startende Rakete, bringt die Gelenke zum Schnalzen. Mein rechtes Bein ist eingeschlafen, britzelt, als würden sich Brausetabletten in den Venen auflösen.

Timon geht auf den Hauseingang zu, ich humple hinterher. Die Tür, eigentlich mehr ein Brett, ist angelehnt, wirft schiefes Licht auf den Fliesenboden. Timon ruft Ioannis' Namen, ohne Antwort treten wir ein. Im Gebäude ist es finster wie in einem Stollen und angenehm kühl. Gleich links neben dem Eingang hängt eine Fotografie: Zwei junge Männer mit geschulterten Flinten. Ich nehme an, dass es sich bei einem davon um Ioannis selbst handelt. Darüber ein X aus zwei echten Gewehren. Timon stellt das Licht an und ruft wieder nach Ioannis. Wir hören ein Räuspern, drehen uns um und sehen in das Gesicht eines alten Mannes.

Ioannis sieht aus wie Popov aus den Janosch-Geschichten, hält einen Spazierstock in der einen und ein getigertes Katzenjunges in der anderen Hand. Er entlässt das Tier auf den Boden und lehnt den Stock an die Wand. Dann geht er auf Timon zu und gibt ihm, halb Ernst, halb Spaß, was hinter die Löffel, murrt ein paar griechische Wörter. Timon schiebt seine Gürteltasche nach vorn und überreicht Ioannis rotbäckig und geduckt den Inhalt. Er nimmt die Pistole und geht an uns vorbei.
Ich sage: »Von wegen nix gemerkt.«
Timon antwortet: »Halt die Klappe, Gastbruder.«
Als er die Waffe weggepackt hat, kommt Ioannis zurück und stellt Timon die Frage, die ich ihm auch stellen würde. Er antwortet, sieht abwechselnd Ioannis und mich an, mein Name fällt mehrmals. Der Ausdruck des alten Mannes verändert sich kaum, vielleicht weiten sich seine Nasenflügel minimal, als er das von meinen Eltern hört. Er reicht mir die Hand.
»Kalimera, Max.«
»Kalimera.«
11.30 Uhr. Wir naschen salzige Oliven und Kümmelkäse, trinken Schnaps aus Wassergläsern. Mir wird warm ums Herz und ich traue mich, Fragen zu stellen.

Max: »Hat er in letzter Zeit ein Chamäleon gesehen?«
Timon: »Nein, aber er wird dir später etwas anderes zeigen.«

Ich nehme einen Schluck.

Max: »Wer ist das auf dem Foto?«
Timon: »Das sind Ioannis und sein Bruder Gavriíl. Aufgenommen ein paar Tage bevor sie Gavriíl im Krieg erschossen haben.«

Noch ein Schluck.

Max: »Meinst du, ich darf später auch mal schießen?«

Ioannis steht auf und verschwindet irgendwo in seinem Haus.

Timon: »Éla!«
Max: ?
Timon: »Komm!«

Ich trinke das Glas aus und folge ihm.

53

Timon erzählt Ioannis, dass er heute schulfrei hat. Ioannis scheint das glauben zu wollen. Er sieht jedenfalls überzeugt aus.

In den vergangenen Stunden haben Timon und ich fleißig gelogen. Hannah wähnt ihn im Matheunterricht und mich in Rethymno, Kretas drittgrößter Stadt an der Nordküste.

Ich gab vor, mir tagsüber die Festung dort ansehen zu wollen, sprach von Mauerseglern, idealen Bedingungen, Sightseeing und Tieraufnahmen zu verbinden. Abends würden Timon und ich schwimmen gehen und spätestens um acht, zur Stoßzeit in der Taverne, wären wir wieder zurück.

Darauf sagte sie: »Ich wünsche dir einen tollen Ausflug. Tank in der Stadt, da ist es billiger.«

Wir marschieren durch den Hain. Ioannis geht voran, eine Schrotflinte untergeklemmt.

Fingerlange Grillen schnellen empor, Eidechsen huschen von Sonnensteinen ins Unterholz. Ich bin aufgeregt, gebe mich, bei jedem Blick, den mir Timon über die Schulter zuwirft, jedoch möglichst cool.

Ioannis' Grundstück endet auf einem Klippenvorsprung. Von dort kann man in eine Schlucht einsteigen, davon gibt es hier massenhaft. Auf jeder zweiten Hinweistafel steht Gorge. Auf allen steht Taverna.

Nah der Kante wurde eine Zielvorrichtung aufgebaut und im Boden verankert. Ioannis tauscht die benutzte Scheibe gegen

eine frische aus. Plötzlich wüsste ich gern, ob oder wie viele Menschen er im Krieg getötet hat und warum er seit dieser Zeit nicht genug vom Schießen hat. Der Schnaps ist alle, ich traue mich nicht zu fragen.
Ioannis kommt zurück und drückt Timon das Gewehr in die Hand. Der schaut mich an, die Vorfreude glänzt in seinen Augen, und sagt: »Action, Max.«

Peng!
Der Kolben prallt durch den Rückstoß gegen meine Schulter. Solch männliche Aktivitäten ist sie nicht gewohnt, bisher musste sie nur meine Schultasche tragen und zuweilen betrunkene oder traurige Köpfe. Ich treffe ziemlich in die Mitte. Ioannis und Timon nicken anerkennend. Timon fragt: »Hast du wirklich noch nie geschossen?«
Ich bin selbst überrascht, blicke aber nur kurz geheimnisvoll auf und drücke ein zweites Mal ab. Diesmal donnert die Munition ins Leere, echot durch die Schlucht. Timon lacht beruhigt, alles andere hätte ihn wohl nervös gemacht. Ich möchte die Flinte an Ioannis weiterreichen, doch er wehrt ab.
»Er schießt nie«, sagt Timon.
»Warum lässt er uns dann schießen?«, frage ich.
Timon antwortet: »Er hat mal zu mir gesagt, dass nichts fürchterlicher ist, als auf einen Menschen schießen zu müssen. Er hofft, dass ich nie in so eine Situation komme, keinen Krieg mitmachen muss. Aber wenn doch, dann kann ich es wenigstens ... im Gegensatz zu Gavriíl damals.«
Ich verstehe es, betrachte Ioannis, der über den Rand in die Ferne blickt. Jeder hat seine Methode, mit dem Schmerz umzugehen. Die einen bringen ihren Lieben das Schießen bei, die anderen versuchen einen Film zu drehen. Mir fällt sein Angebot von vorhin ein.

»Timon, du hast doch gesagt, er könnte mir statt des Chamäleons etwas anderes zeigen. Was hat er damit gemeint?«

Durch das Kameraobjektiv zoome ich eine kleine Höhle unterhalb eines alten, bulligen Olivenbaums heran. Ioannis und Timon haben mich allein gelassen und gesagt, dass ich ein wenig Geduld haben soll, doch langsam werden meine Arme müde. Ich bin im Begriff aufzugeben, da verlässt etwas den Bau. Und noch etwas.
Vor kurzem erst geworfene Feldhäschen hoppeln ins Bild.

54

Ich danke Ioannis. Er nimmt seinen Stock und geht, macht sich auf, die Ziegen zusammenzutreiben, trällert ein Lied dabei. Bevor er ganz im Gelände verschwunden ist, dreht er sich noch einmal um, klopft auf seine Hosentasche und ruft Timon etwas zu.

»Was sagt er?«

»Dass er die Schlüssel für den Waffenschrank ab sofort immer bei sich tragen wird.«

Uns bleibt genügend Zeit, um Rethymno tatsächlich noch einen Besuch abzustatten.

Nachdem wir das Bergland hinter uns gelassen haben, stoppen wir auf einem Parkplatz. Ausgedörrtes Buschwerk prägt das Bild. Unter den Büschen liegt, wie faulige Baumwolle, ein benutztes Papiertuch am nächsten. Hier wird geschissen, gewichst und menstruiert, und der Parkplatz soll es schlucken. Ich pisse eins der Papiere weich, lege einen dunkelroten Tampon frei. Bevor ich zurück ins Auto steige, werfe ich einen Blick in einen der drei großzügigen Abfalleimer. Lediglich der Boden des eingestülpten blauen Müllsacks ist gerade so bedeckt. »Enjoy the beautiful countryside of Crete« steht in zerlaufenen Buchstaben auf einem weggeworfenen Flyer.

Urlauber schlappen in Flip-Flops über die Festungsmauern. Wenn ich es nicht besser wüsste, würde ich den Wind, der in heißen Schüben durch die Ritzen pfeift, für ein Weinen halten. Ich knipse ein paar Alibibilder für Hannah. Anschließend kaufen wir uns mit Spinat gefüllte Pasteten und mäandern Richtung Altstadt. Timon kennt dort einen Laden für günstige Elektronik. Ich erwerbe ein angeblich kinderleicht zu handhabendes Schnittprogramm.

Die Wellen klatschen gegen unsere Bäuche. Etwas weiter draußen düst ein Motorboot vorbei, das eine vollbesetzte Banane hinter sich herzieht.

»Wer die Luft länger anhalten kann«, schlägt Timon vor.

55

Meistens bin ich der Letzte, der zum Frühstück erscheint. Auch heute ist das so. Durch den Türspalt sehe ich der Familie Peleus zu, wie sie im freundlichen Morgenlicht beisammenhockt und sich das Brotkörbchen zuschiebt. Timon legt sich ein Brötchen auf die Nase, versucht zu balancieren, wie ein Seehund. Ich möchte ein Eisbär sein oder ein Weißer Hai oder ein Orca. Oder er.

Dann nimmt Hannah ihre beiden Männer an den Händen und sagt: »Ich bin so glücklich, dass wir so viel Glück haben.«

Tatsächlich sagt sie etwas auf Griechisch, was ich nicht verstehen kann, sehen die drei nicht sonderlich glücklich aus.

Wenn ich es mir überlege, war ich nie ein großer Frühstücker, ist der Strand morgens am schönsten. Ein menschenleerer, rauschender Ort, nur ein paar Krabben spazieren durch die Wellen oder treiben tot darin.

Leise kehre ich der Familie den Rücken.

Während ich auf das Meer zugehe, wird mir klar, dass man auf einer Insel immer aufs Meer zugeht. Es wird zwangsläufig.

»Was nehmen Sie mit auf eine einsame Insel?«

Ein Schiff oder ein Flugzeug, wäre meine Antwort. Etwas, das einem die Sicherheit gibt, jederzeit wieder zurück- oder weitergehen zu können. Ich schaue schräg an den Klippen vorbei, irgendwo in dieser Richtung liegt der Flughafen.

56

Der Computer raunt, Skype ist bereit. Valentin und ich waren für 22 Uhr verabredet, aber er hat mir einen Text hinterlassen, muss Überstunden fahren. Dafür ist Maria online und klingelt mich an. Etwas unwillig stelle ich den Kontakt her.

»Hallo Maria.«
»Hallo Fremder. Zeig dich mal!«
Ich schalte die Webcam ein.
»Siehst du mich jetzt?«
»Ja, du hast Farbe gekriegt. Siehst du mich auch?«
»Du bist verpixelt.«
»Verpickelt?«
»Verpixelt!«
»Ach so. Keine Ahnung, ich habe jedenfalls vollen Empfang.«
Nach kurzer Pause fragen wir gleichzeitig: »Wie geht's?«
Timon platzt, ohne anzuklopfen, ins Zimmer.
»Was machst du, Gastbruder? Hast du noch –.«
Er führt seine Finger im V an die Lippen.
»Warte mal kurz, Maria ... Ich bin beschäftigt, Timon ... vorne im Rucksack müssten noch Kippen sein.«
Timon hält seinen Daumen hoch.
»Wer ist das?«, fragt Maria.
Und Timon steigt ein: »Ja genau, mit wem telefonierst du?«
Er tritt hinter mich, beugt sein Gesicht ins Bild.
»Hey. Ich bin Timon.«
»Maria.«

»Du bist hübsch.«
»Und du bist direkt.«
»Südländer.«
Selbstsicher zupft er an seinem T-Shirt.
»Komm, Timon, ist gut jetzt.«
»Schon klar, ihr wollt eure Ruhe. Na denn: Jiá su, hübsche Frau.«
Mit einem eindeutigen Grinsen verschwindet Timon aus dem Zimmer.
»Ein lustiges Kerlchen.«
»Ein Junge eben. Er geht davon aus, dass wir jetzt Telefonsex haben.«
»Also los.«
Wir lachen.
»Wie ist Kreta?«
»Es war die richtige Entscheidung. Ich filme viel.«
Wir schweigen und die Verbindung macht ein Geräusch, als föhne jemand Haare.
»Und bei euch? Benimmt Lio sich gut? Julia ist bald so weit, oder?«
»Julia und Anton sind für die Entbindung und die erste Zeit danach in Saarbrücken bei Julias Eltern. Es kann jeden Tag so weit sein. Anton ist schon genervt, weil wir ihn ständig anrufen und nachfragen. Hoffentlich geht alles gut. Und Lio, der ist fit, er ist viel mit uns im Wald unterwegs ... aber Jan ...«
»Was ist mit ihm?«
»Er ist still geworden, stiller als sonst ... irgendwas bedrückt ihn. Wenn ich frage, blockt er ab und sagt, dass ich aufhören soll, Therapeutin zu spielen.«
»Dann solltest du das akzeptieren.«
»Das sagst du so leicht.«
»Es ist einfach so.«

»Wahrscheinlich hast du recht, na ja, gut ist, dass er wieder einen Job hat.«
»Wo denn?«
»Im Lebensmittel-Großmarkt in Schwenningen. Gerade macht er den Gabelstaplerschein.«
Der Fön läuft auf Hochtouren.
»Und wann kommst du wieder, Max?«
»An Weihnachten, denke ich.«
»Hier hat es schon geschneit, ist aber nicht liegen geblieben ... Weihnachten, schön. Ich freu mich.«
»Ich muss jetzt schlafen, Maria. Morgen machen Timon und ich eine Bergwanderung.«
»Klingt toll. Ich bin auch müde. Pass auf dich auf, Max!«
»Du auch.«
Die Haare sind trocken, wir klicken unsere Gesichter aus.

57

Wir kraxeln auf den Gingilos, einen Gipfel im Westen der Weißen Berge, treten kleine Gerölllawinen los und pfeifen in die Samaria-Schlucht. Früher verschanzten sich Partisanen oder Räuber in ihren Tiefen, heute erschrecken wir höchstens ein paar betagte Wanderer und Ziegen, die durch den Fels stolpern. Die Aussicht, das Wechselspiel schattiger und sonniger Kanten, die an das gescheckte Fell eines uralten Tieres erinnern, bannt mich. Timon hat bereits einen beträchtlichen Vorsprung und ruft mir zu, dass wir nicht trödeln dürfen.
Von einem Freund von Silas, der bei der Bergwacht arbeitet, haben wir erfahren, dass nahe dem Gipfel Steinadler brüten und das Nest von einem Pfad aus gut einzusehen ist.
Während mein Puls in den Schläfen pocht, stelle ich mir eine riesige Steinadlermutter vor, die sich im Sturzflug eine Ziege greift. Die umgehängte Glocke des Paarhufers bimmelt durch das Bergpanorama.

Eine Quelle sprudelt am Ziel der ersten Etappe. Wir ziehen unsere Wanderschuhe aus, benetzen Stirn und Nacken mit dem kühlen Wasser. Mehrfach frage ich Timon, ob man es trinken kann.
Nachdem mein Durst gestillt ist, habe ich große Lust dazu, mich auf einem der großen Steine auszustrecken. Doch Timon schnürt sich bereits die Schuhe.
»Weiter geht's, Max. Wir brauchen mindestens noch eine Stunde.«

Am Treffpunkt, einer kleinen Hütte unterhalb der Bergspitze, hat Fílippos, der Freund von Silas, Posten bezogen. Es sind laue Arbeitstage für ihn Anfang November, nur noch wenige Touristen machen die Tour und überschätzen sich.
Mit einer Temperatur von 24 Grad ist es der wärmste Novembertag, den ich je erlebt habe. Dennoch befürchte ich, dass ich später noch frieren könnte und es ein Fehler war, meine atmungsaktive Übergangsjacke im Auto zu lassen.
Den Berg zu erklimmen ist eine seltsam-feierliche Angelegenheit, mit jedem Höhenmeter werde ich leichter, wie ein Marathonläufer, der den Punkt überschreitet, an dem es richtig wehtut, und dann zur Belohnung mit Endorphinen überschüttet wird.
Ich schnaufe und lächle, schließe auf zu Timon und überhole ihn. Er sagt irgendwas, aber ich kann jetzt nicht reagieren. Alles, was ich will, ist rauf.

Viele Schritte vor Timon gelange ich auf das Plateau und sehe die Hütte, die kaum größer als ein Dixiklo ist. Fílippos sitzt in einem Campingstuhl. Als er mich sieht, winkt er und erhebt sich. Er trägt eine blaue Jacke mit Reflektorstreifen und blendet mich für einen Moment. Hinter mir keucht Timon heran.
»Mit dir steige ich nie wieder auf einen Berg. Du bist gerannt wie ein Verrückter.«
»Wir wollen doch zurück sein, bevor es dunkel ist.«
»Es ist zwölf Uhr mittags.«

Fílippos spendiert Kekse und Kaffee aus einer Thermoskanne. In unregelmäßigen Abständen erklingen Stimmen aus seinem Funkgerät, das er an die Stuhllehne gehängt hat. Ich bin gerade dabei, mir ein Nussplätzchen in den Mund zu schieben, als

Timon in den Himmel deutet. Ein Greifvogel segelt über uns hinweg und ruft aus.
Fílippos sagt: »The Eaglemother.«

Der Pfad zum Nest ist nicht breiter als ein Schwebebalken. In der Felswand stecken alle paar Meter rostige Haltegriffe, die mir die Gefahr, die Tiefe des Abgrunds, nur noch deutlicher machen.
Nach zwanzigminütigem Balanceakt verbreitert sich der Weg wieder. Fílippos legt einen Finger auf die Lippen. Von hier an müssen wir besonders leise sein. Erst jetzt bemerke ich, dass der Schnürsenkel meines linken Schuhs offen ist. Bevor es losging, riet Fílippos uns, möglichst nicht nach unten zu sehen. Ich weiß nicht recht, ob ich ihm nun dankbar oder böse sein soll.
Wir legen uns auf den Boden und schieben unsere Köpfe über die Kante. Unter uns befindet sich das Nest. Es ist nicht so groß, wie ich es mir ausgemalt habe. Ich hatte den Durchmesser eines Planschbeckens im Kopf. Dennoch füllt es den Felsvorsprung komplett aus. Die Adlerjungen, ich zähle vier Stück, haben weiße Plusterkörper, zwei von ihnen zanken sich, die anderen beiden scheinen zu schlafen. Mutter und Vater sind fort. Bei ihrem Anblick verstehe ich, wie gut ich es trotz allem habe. Sollten ihre Eltern tödlich verunglücken, hätten sie keine Chance. Sie würden verhungern oder sich vorher gegenseitig fressen. Der letzte Überlebende würde einen verzweifelten Flugversuch unternehmen und am Fuß des Berges zerschellen.
Nach einiger Wartezeit kehren die Eltern zurück, das kleinere Männchen hat einen Nager in den Krallen. Zu unserem Glück scheinen sie weder Bedrohung noch Nahrung in uns zu sehen. Mir gelingen schöne Aufnahmen, wenn auch nicht in gesto-

chener Schärfe. Diesbezüglich reicht die Kamera leider nicht an den Feldstecher von Fílippos heran, durch den man jede Feder erkennt. Timon hatte schon früh angemerkt, dass es nicht gerade das neueste Modell sei, mit dem ich da filmen wolle. Aber es ist das einzige Modell, das Sinn ergibt.
Irgendwann richte ich die Kamera auf ihn. Auch er sieht begeistert aus und erinnert mich daran, dass ich nicht vergessen sollte, nach den Menschen Ausschau zu halten.
Ich prüfe mein Handy. Kein Empfang. Nur zu gern hätte ich Valentin ein Zeichen geschickt.

58

Geburtstag. Eine Mücke ist um 1.30 Uhr die erste Gratulantin. Ihr Kuss juckt und lässt meine Unterlippe anschwellen.
Draußen rammt der Revierkater seinen Widerhakenpenis in ein Weibchen, wird geschrien und gefaucht vor Schmerzen. Keine Katze ist vor ihm sicher.
Ich ziehe die Decke übers Kinn und warte auf den zweiten Schlaf. Ich hoffe, dass Patrick meinen Geburtstag vergessen hat, und denke an meine Mutter, wie sie gerade dabei ist, meinen Geschenktisch mit Konfetti und Luftschlangen zu dekorieren.

Nichts ahnend komme ich in die Stube und werde lauthals empfangen. Hannah, Silas und Timon singen und klatschen in die Hände. Die Flammen der Kerzen auf dem Kuchen flackern im Luftzug der geöffneten Tür.
»Woher ...«, stottere ich.
»Jetzt setz dich schon hin und schneid den Kuchen an«, sagt Hannah.
»Zuerst essen wir aber das Rührei«, bestimmt Timon. »Ich habe es mit jeder Menge Liebe zusammengerührt. Und mit ein bisschen Chili.«

Das rötliche Ei ist schweißtreibend, wie so viele Dinge auf dieser Insel. Aber die Schärfe macht mich wach. Ich lösche mit frisch gepresstem Orangensaft und arrangiere einen Kreis aus den Muschelschalen, mit denen Hannah den Frühstückstisch dekoriert hat.

Timon, der die Funktion des Programmleiters übernommen hat, sagt: »Es folgt Punkt 2: Der Kuchen. Führe dein Schwert, Gastbruder.«
Hannah lacht über ihren Sohn, den Entertainer. Silas massiert den Rand der Kaffeetasse mit seinem Mund, wirkt nicht ganz so amüsiert wie seine Frau.
Schokoladiger Marmor bröselt auf verziertes Porzellan.

Pappsatt lehne ich mich zurück.
»Bist du bereit für Punkt 3?«, fragt Timon.
Ich zucke mit den Schultern und bete, dass damit kein Spiel oder, noch schlimmer, eine feierliche Ansprache gemeint ist.
»Super. Ich fange an.«
Er langt unter seinen Stuhl und reicht mir ein Geschenk. Es ist in die Tageszeitung von gestern eingewickelt. Er strahlt, als wäre heute sein Geburtstag. Ich kenne niemanden, abgesehen von meiner Mutter, dem Überraschungen so viel Spaß zu machen scheinen. Natürlich freue ich mich, habe aber auch Angst vor den erwartungsvollen Blicken der anderen. Werde ich gerührt sein oder enttäuscht?
Der Inhalt fühlt sich weich an, die Umrisse sind formlos. Ich ziehe den Tesafilm ab und zum Vorschein kommt etwas, mit dem ich niemals gerechnet hätte. Ich bemerke, dass ich lächeln muss. Sachte schlüpfen meine Hände in den Stoff und tragen die rote Mütze in Präsentationshöhe.
Timon erklärt: »Weil du ständig von diesem Jacques Cousteau erzählt hast, habe ich mich mal erkundigt. Ich dachte, dass dir so eine Mütze auch ganz gut stehen würde ... hoffentlich gefällt sie dir.«
Silas macht eine Bewegung mit seiner Hand, er möchte, dass ich die Mütze aufsetze. Sie passt wie angegossen. Zustimmen-

des Nicken. Ehrlich gerührt lege ich meinen Arm um Timon und sage: »Sie ist perfekt, vielen Dank.«
Er lächelt stolz und will weitermachen: »Du bist dran, Mama.«
Hannah reicht mir zögerlich ein buntes Viereck mit blauer Schleife. Ich löse den Knoten und sehe meine Eltern, die in meinem Alter sind und nebeneinander an einem Klettergerüst hängen. Ihre Haare sind etwa gleich lang, sie tragen enge T-Shirts und Schlaghosen. Sie wirken fröhlich und doch irgendwie auf der Schwelle, als hätten sie sich ein letztes Mal als große Kinder an die Stangen geklammert, um nach dem Foto loszulassen und als Erwachsene auf den Füßen zu landen.
Ich schaue Hannah an, meine Augen schwimmen.
Sie sagt: »Ich habe es vor ein paar Tagen wiedergefunden und fand es sehr schön.«
Hannah steht auf und läuft um den Tisch, von hinten legt sie die Arme um mich. Und jetzt weine ich richtig, weil mir klar wird, dass das der erste Geburtstag seit einer Ewigkeit ist, den ich mit der Familie verbringe. Mit der Familie, die meine echte Familie auf dem Gewissen hat. Ich bin unendlich gerührt und zugleich unendlich wütend.
»Du bist gut, Max«, hat Valentin am Abend nach der Beerdigung gesagt. Ich habe Angst, dass er sich schon wieder geirrt hat.

Als ich mich wieder gefasst habe, sind alle und alles für einen Augenblick mucksmäuschenstill, als ob jemand mute gedrückt hätte. Bis Timon wieder den Ton angibt. »Eins musst du noch aushalten«, sagt er und wendet sich an seinen Vater. Silas greift in seine Hemdtasche und fordert meine Handfläche. Ich halte sie auf und er legt ein kleines, getrocknetes Seepferdchen hinein. Ich habe es schon einmal gesehen, damals im Milchschaum an der Autobahnraststätte.

»Es hat Glück gebracht für mich. Vielleicht auch für dich«, erklärt er.
Eigentlich glaube ich nicht an Talismane, aber wenn ich mir ansehe, was Silas geschafft hat – ein Haus am Meer mit schöner Frau und schönem Kind –, bin ich bereit, meine Meinung hier und heute zu ändern.
»Efcharisto.«
»Parakalo.«

Ungeduldig trommelt Timon mit seinem Kaffeelöffel auf den Tisch. »Kommen wir zu Punkt 4, meinem persönlichen Highlight.«
Er huscht in die Küche und kommt mit einer Flasche Sekt zurück. Flink löst er Papier, Draht und Korken.
Es schäumt aus dem Flaschenhals und Timon füllt die Gläser. Wir stoßen an. Punkt 4 ist einen Tick zu warm.
»Jetzt machen wir eine kurze Pause. Heute Abend geht es mit Punkt 5 weiter.«
»Was ist Punkt 5?«, frage ich.
»Ich verrate nur so viel: Es hat mit Punkt 4 zu tun«, Timon grinst.

Ich liege auf dem Bett und starre an die Decke. Hannah und Silas richten die Taverne für eine Hochzeitsfeier her, übermorgen erwarten sie 70 Gäste. In den Wintermonaten leben sie vor allem von solchen Festen.
Timon ist mit dem Moped unterwegs, macht letzte Besorgungen für heute Abend. Ich bin ziemlich schnell dahintergekommen, dass er eine Strandparty organisiert hat. Ich freue mich drauf, auch wenn ich wohl mit Abstand der Älteste sein werde.

Ich berühre mich. Es ist eine Weile her, dass ich an Sex gedacht habe. Glitschige Körper reiben sich an mir, drängen mich, die Hosen fallen zu lassen und dann ... klopft es an die Tür. Erschrocken klemme ich meinen Ständer zwischen die Oberschenkel und richte mich auf.

»Ja ... herein.«

Hannah erscheint im Rahmen.

»Hab ich dich geweckt?«

»Nein, ich hab nur so rumgelegen.«

»Gut, ich habe vorhin vergessen, dir das hier zu geben.«

Sie überreicht mir ein Paket. Es kommt von Valentin Bundschuh, Donaustraße 48, 28199 Bremen.

»Von deinem besten Freund, oder?«

»Ja, genau.«

Sie geht, und ich überlege, ob ich zuerst das Paket oder erneut meine Hose öffnen soll.

Mit der Spitze des Kugelschreibers schlitze ich den Karton auf: Eine CD ohne Beschriftung, eine Karte, ein Briefumschlag. Die Postkarte zeigt einen Deich im Sommer und auf dem Umschlag steht: Für meinen besten Freund, den wahren David Copperfield.

Ich lege die CD in das Deck der winzigen Stereoanlage. Aus den Boxen kommt *Dancing in the Dark*. Wieder muss ich lächeln, wieder schwimmen meine Augen. Beim ersten Refrain angekommen, hat das Lächeln gewonnen und ich beginne die Karte zu lesen:

»Lieber Max,

herzlichen Glückwunsch!

Ich schicke dir 3.42 Minuten beste Zeit. Erinnerst du dich? Du fehlst mir sehr, komm bald wieder.

Valentin.«

Ich erinnere mich sehr gut, wie wir im Sommer 2010 im Morgengrauen aus der Capri Bar stolperten. Hochmotiviert durch eine Mischung aus Wodka auf Eis und Koffeintabletten. Jonas, der einzige Lehrerkollege, mit dem ich etwas anfangen konnte, war schon früh gegangen, da er noch stapelweise Aufsätze lesen und benoten musste, Louise, Valentins erste und einzige Freundin vor seinem Coming-out, hatte sich mit drei Antifa-Buben ins Zucker abgeseilt, und Levy, ein junger Geiger aus Israel, der zu dieser Zeit manchmal mit Valentin nach Hause ging, war mit einem der Bartender auf die Toilette verschwunden und nicht mehr aufgetaucht.
Wir taumelten über den Deich heimwärts, das Licht war pathetisch und wir auch. Valentin drückte mir und sich einen Stöpsel ins Ohr und spielte *Dancing in the Dark* von seinem MP3-Player. Wir johlten den Text über die Weser, ein Reiher floh vor uns, ein Fisch bedankte sich springend, und Valentin tanzte. Wir hörten es viermal hintereinander, dämmerten eine Stunde auf dem schrägen Deichgras und sprangen am Ende nackt in den Fluss.

Im Umschlag stecken eine Eintrittskarte für das Open-Air-Konzert von Bruce Springsteen nächsten August im Weserstadion und ein Foto. Es zeigt mich zwischen Jan und Maria am Lagerfeuer. Ich sehe zufrieden aus. Auf der Rückseite steht: Die Schatten deiner Vergangenheit.
Ich starte das Lied von vorn.

59

Weil ich das mit der Party erraten habe, hat Timon gesagt, dass ich pünktlich um 21 Uhr an den Strandpavillon kommen soll, um die Gäste zu empfangen. In der Hauptsaison werden dort Getränke und Sandwiches verkauft, heute dürfen wir ihn nutzen.

Timon hat Fackeln in den Sand gesteckt und nah der Brandung Holz für ein Feuer aufgeschichtet. Ich kann kaum fassen, wie viel Mühe er sich für mich gibt, und hoffe, dass auch eine gute Portion Eigennutz dahintersteckt. Schließlich kenne ich hier niemanden außer ihm, sind es seine Freunde, die er zu meinem Geburtstag bestellt hat. Ich bin gespannt, ob ich ihm heute beim Flirten zusehen werde.

Timon trägt einen weiten Troyer und ein rotes Halstuch und tackert gerade eine Lichterkette über die Bar. Aus der Entfernung sehen die im Wind schaukelnden Lichter aus wie in Reih und Glied schwirrende Glühwürmchen. Für einen Augenblick vermisse ich die Waldlichtung, den Hof, die anderen.

Hinter der Lichterkette hat Timon ein Papierschild angebracht. Darauf steht in dicken, schwarzen Buchstaben: POINT FIVE PARTY.

»Sieht super aus«, sage ich.

Timon hopst von der Theke in den Sand. Er umarmt mich und sagt: »Ich habe keine Kosten gescheut.«

Letzte Woche haben er und ich *Jurassic Park* geguckt. Richard Attenborough sagt im Verlauf der zwei Stunden ungefähr ein

Dutzend Mal, dass er keine Kosten gescheut hat. Timon fand das, und den Dilophosaurus, ziemlich witzig.
»Du siehst gut aus, Gastbruder.«
Ich habe ein Jeanshemd an, darüber den beigen Herbstparka und die neue Mütze.
»Du aber auch«, erwidere ich.
»Wir haben vier Kästen Bier und zehn Flaschen Sekt. Haben Mama und Papa gespendet. Ihre einzige Bedingung ist, dass wir nicht das Haus vollkotzen«, sagt Timon und zündet sich eine Zigarette an.
»Ich denke, das kriege ich hin«, sage ich.
»Ich bin noch unsicher, was mich betrifft. Schließlich bin ich zehn Jahre jünger als du und noch voller Energie.«

Gegen 21.30 Uhr trudeln die Gäste ein, die meisten zu Fuß. Ein Junge rauscht mit seinem Roller an und bremst eine Grube in den Sand. Ich sehe das verstauchte Bein des unglücklich hineingetorkelten Mädchens schon vor mir und fühle mich sehr alt.
Für meine Begriffe sind die meisten Partygäste viel zu warm gekleidet, ein Mädchen trägt sogar Handschuhe, dabei hat es immer noch mindestens 15 Grad. Einen Teil von ihnen habe ich schon mal gesehen, beim Baden oder Einkaufen. Gesprochen habe ich mit keinem mehr als ein, zwei Sätze.
Der Reihe nach fallen mir junge Menschen um den Hals und beglückwünschen mich. Ein Freund von Timon schenkt mir eine Literflasche Jägermeister. »I love Germany«, sagt er.
»Thank you«, sage ich und schaue mir das Flaschenetikett an, als wäre es ganz was Feines.
Ein Bier später hat jeder einen Platz gefunden, dreht ein Typ mit Dreadlocks und aufgedunsenem Gesicht die Musik erst laut und dann aus. Von irgendwoher wird ihm eine Gitarre

gereicht und er versucht »Blowin' in the wind«. Mädchen legen sich die Köpfe auf die Schultern, obwohl es echt beschissen klingt.
Nach dem Lied sieht er zu mir rüber.
»The next song is for Max.«
Oh Gott, bitte nicht!
»Happy Birthday to you ...«
Wo ist der verfluchte Jägermeister?

An meiner Seite hängt ein dichtes Mädchen. Es heißt Démi und schreibt, mit dem Hals einer leeren Sektflasche, unsere Namen in den Sand. Seit einer halben Stunde versuche ich ihr zu entkommen.
»Why you look so sad?«, lallt sie.
»I'm not sad.«
»Yes, you are.«
Ich seufze und verwische meinen falsch geschriebenen Namen.
»You're right. I'm sad and I really need something to drink.«
Bestimmt löse ich ihre Hände von meinem Arm.
»Bring me a beer!«, ruft sie mir nach.
Ich stapfe zum Pavillon, stemme mich auf die Theke und angle ein Bier aus einem der Kästen. So vornüberhängend, spüre ich den Alkohol vom Bauch in den Kopf schwappen. Inmitten der Getränke liegt der Dreadlockjunge und röchelt. Er hält seine Gitarre im Arm und wacht mit viel Glück erst am Ende der Nacht wieder auf. Ein weiteres Geburtstagslied halte ich auf keinen Fall aus. Ich stoße mich zurück auf die Beine und mit mir fällt noch etwas anderes in den Sand: Timons Schweizer Taschenmesser. Neben einer großen und einer kleinen Klinge, einem Flaschenöffner, einer Säge und einer Lupe verfügt es auch über eine Schere. Ich hebe das Taschenmesser auf, klappe die Schere aus und beuge mich erneut über die Theke.

Schnipp, schnapp durchtrenne ich Saite für Saite, und obwohl jede aufgrund der Spannung einen deutlichen Reißton macht, wacht der Typ nicht auf, hat mein Geburtstag ihn ins Koma fallen lassen. Ich habe große Lust, auch noch die Pinzette auszuprobieren. Wie viele Wimpern ich ihm wohl ausreißen könnte, ohne ihn aufzuwecken?
Während ich zurück zum Geschehen spaziere, viel leichtfüßiger, federnder als zuvor, beschließe ich, dass so ein Taschenmesser eines der ersten Dinge sein wird, die ich mir nach meiner Rückkehr besorgen werde. Vielleicht liegt sogar noch eins auf dem Dachboden.

Weit auf dem Meer ist schon Morgen. Ums Feuer sitzt jetzt nur noch der harte Kern. Timon wird flankiert von einem Jungen und einem Mädchen und hält beide an der Hand. Er lässt sich alles offen. Der Hang zum Dreieck scheint in der Familie zu liegen. Démi haben wir in einen Schlafsack gesteckt und in die stabile Seitenlage gedreht. An ihrem Fußende pennen zwei ihrer Klassenkameraden. Der Rest ist zu Hause oder zumindest auf dem Weg.
»Wie hat dir deine Party gefallen?«, flüstert Timon.
»Sie hat mich an früher erinnert.«
»Ist das gut oder schlecht?«
»Gut. Richtig gut sogar.«
Timon lächelt und schiebt einen Holzscheit mit dem Fuß in die Glut.
»Hast du noch was von dem Jägermeister?«
Ich finde die fast leere Flasche unter einem Berg aus Decken, werfe sie vor Timon in den Sand. Leise stehe ich auf und nehme die Kamera.
»Ich mache einen Spaziergang und filme den Sonnenaufgang. Jeder Film braucht ein paar romantische Bilder.«

Kurz vor den Klippen setze ich mich auf einen Stein und richte die Kamera gegen die Sonne, überlege, ob ich mit dieser Einstellung beginnen oder schließen soll.
Ich will mich auf den Rückweg machen, da bemerke ich Patrick, der neben mir sitzt.
»Meinen nachträglichen Glückwunsch.«
»Kannst du mich nicht einfach in Ruhe lassen?«
»Na hör mal, Maxi. Uns verbindet doch so viel.«
»Das sehe ich anders.«
»Du siehst und hörst ja so einiges.«
»Wie meinst du das?«
Er rückt nah an mich ran und haucht: »Peng!«
Panisch springe ich auf und renne zurück.
Völlig außer Puste erreiche ich das Feuer. Timon bemerkt sofort, dass etwas nicht stimmt.
»Du bist ja voll bleich, Max. Ist was passiert?«
Ich starre ihn an, Musik ertönt. Die übrigen Kids wachen auf und schauen zum Pavillon, wo der Dreadlockjunge winkt und grölt: »The party goes on.« Zu schade, dass ich es nicht durchgezogen habe, als ich die Gelegenheit dazu hatte. Außer den Wimpern hätte ich ihm auch noch sein Nest stutzen sollen, der plötzliche Verlust seiner Haarwürste hätte ihn sicher wenigstens kurz sprachlos werden lassen. Die Kids stehen auf und tanzen. »Yeah«, ruft der Dreadlockjunge und reckt sein Instrument in die Luft wie einen Pokal. Er scheint noch nichts bemerkt zu haben. Umständlich krabbelt er auf die Theke, verliert den Halt und landet mit dem Gesicht im Sand. Ein paar von den anderen laufen hin, um ihm zu helfen oder ihn auszulachen. Timon bleibt bei mir und sagt: »Wahrscheinlich hattest du ein bisschen zu viel von dem Jägermeister. Musst du kotzen?«
Ich schüttle den Kopf und sinke in die Hocke.

60

SMS an Valentin.
Danke für dein Geschenk! Aber hast du nicht mal zu mir gesagt, dass du Erinnerungen beschissen findest? Ich vermisse dich …
Love,
M.

SMS von Valentin.
Gern geschehen. So was hab ich mal gesagt? Ohne dich macht die Capri Bar keinen Sinn.
xxo,
V.

Draußen geht die Sonne schon wieder unter. Ich bin jetzt wach.

Wir sitzen auf Timons Bett, ein Mensch-ärgere-Dich-nicht-Brett zwischen uns. Seit fünf Runden habe ich keine Sechs gewürfelt. Endlich bin ich aus dem Häuschen, da vibriert mein Handy.
»Hallo?«
»Ich bin's, Maria ... Alles Liebe! Zu spät, ich weiß. Tut mir leid, dass ich nicht angerufen habe, aber rate mal, warum?«
»Warte kurz, Maria.«
Ich halte die Hand über den Lautsprecher und sage zu Timon: »Ich verliere sowieso. Bist du sauer, wenn wir ein andermal weiterspielen?«

Timon schüttelt den Kopf und fegt die Hütchen vom Brett in die Schachtel. Ich gehe rüber in mein Zimmer und schließe die Tür.
»Bist du noch da, Max?«
»Ja. Ist was mit Lio?«
»Ganz kalt.«
»Mit Jan?«
»Noch kälter.«
»Jetzt sag schon, ich hab keine Lust auf ein Quiz.«
»Paul ist da.«
»Wer ist Paul?«
»Das Kind von Julia und Anton.«
»Wirklich? Das ist ja toll! Ist alles gut gegangen?«
»Der Kleine hat sich ziemlich viel Zeit gelassen. Anton hat erzählt, dass Julia stundenlang pressen musste und kurz vorm Zusammenbruch war, aber sonst ist wohl alles gut. Er ist gesund, wiegt knappe drei Kilo und ist gerade noch am 14. November geboren, um 23.37 Uhr. Und bei all der Aufregung hab ich vergessen, dass du am gleichen Tag Geburtstag hast.«
»Am gleichen Tag«, wiederhole ich.
»Ja, verrückt nicht?«
Durch die Wand dröhnt die 20th-Century-Fox-Erkennungsmelodie.
»Und wie war dein Geburtstag?«
»Wir waren am Strand.«

Glücklich über Paul, kehre ich zurück in Timons Zimmer. Der Fernseher läuft.
»Was schaust du dir an?«
»*Fight Club*. Willst du mitgucken?«
»Eher nicht, hab ich schon zu oft gesehen. Ich geh schlafen.«
»Wie du meinst.«

Bevor ich ihn wieder allein lasse, sage ich: »Ich bin froh, dass ich dich in einer schwierigen Phase meines Lebens getroffen habe.«

Im Netz lese ich einen Online-Artikel über einen Drogenpark in Brooklyn. Es geht um Amber und Suzie, die in Wirklichkeit nicht so heißen. Sie waren dreizehn, als sie anfingen Crack zu rauchen. Amber ist letztes Jahr vor einen SUV gerannt und Suzie glaubt, dass sie das so wollte. Suzie hat sich mit Hepatitis C infiziert, als das Rauchen ihr nicht mehr gereicht hat. Sie sagt, ihr Dealer Casey, sein Name wurde ebenfalls geändert, habe sie zum Fixen überredet und ihr eine Rippe gebrochen, als sie ihn um einen Vorschuss anflehte. Auf dem anonymisierten Foto sieht er unscheinbar aus, ein weißer Durchschnittstyp.
Casey: »Money is everything.«
Reporter: »What about the kids?«
Casey: »Kids also have money.«
Suzie kann Amber verstehen, aber sie ist nicht so mutig wie ihre Freundin. Sie wünschte, sie wäre Casey nie begegnet.
»We get lost and no one cares. There're too many Caseys.«
Ich sehe in Suzies Augen.

Ich drucke den Artikel aus, buche einen Flug und schlafe ein.

61

Mein letzter Tag in Griechenland beginnt mit einem Schrei. Silas hat sich beim Gemüseschneiden die Kuppe seines linken Ringfingers abgesäbelt und mit seinem Blut eine Acht auf den Küchenboden getropft. Und weil Hannah kein Blut sehen kann, ist sie, beim Versuch die Fingerkuppe in eine Plastiktüte einzuwickeln und in eine Kühltasche zu stecken, umgekippt und hat sich ihre Schneidezähne in die Lippe gehackt. Daraufhin hat Silas nach Timon und Timon nach mir gerufen, sind wir, ich am Steuer, ins Krankenhaus gerauscht. Und da sitzen und warten Timon und ich nun seit einer Ewigkeit und probieren uns durch die Süßigkeiten im Automaten.

Ich erinnere mich an meinen letzten Besuch im Krankenhaus. Den werde ich immer im Hinterkopf haben, wenn auch gut versteckt durch die Haare. Ich spüre die Narbe höchstens, wenn das Wetter umschlägt oder beim intensiven Shampoonieren. Und jetzt spüre ich sie auch, umgeben von weißen Kitteln und nach Desinfektion schmeckender Luft.

»Hat Silas sich schon öfter geschnitten?«, frage ich.

»Total oft«, sagt Timon mit vollem Mund, lässt noch mehr M&M's hineinkullern. »Aber so schlimm wie heute, glaube ich, noch nie.«

Er schüttet Cola zu den Schokonüssen und lacht mich an, nachdem er den Brei runtergeschluckt hat. Wie kann jemand nur immer so gelassen sein? Ich stehe kurz vor meinem nächsten Twix und einer totalen Überzuckerung, als plötzlich Han-

nah vor uns steht. Sie hat ein großes Pflaster auf der Lippe, sieht aus wie schlecht geknebelt.
»Und?«, fragen Timon und ich gleichzeitig.
»Nichts Schlimmes. Bloß die Betäubungsspritze war unangenehm. Eine Gehirnerschütterung habe ich jedenfalls nicht.«
»Und Papa?«
»Weiß nicht. Sind wohl noch mit ihm beschäftigt. Hier sagt einem ja keiner was.«
Kaum hat Hannah das ausgesprochen, taucht auch Silas auf, üppig verbunden. Er schüttelt den Kopf und wechselt leise Worte mit seiner Frau.
»What about your finger?«, frage ich ungeduldig.
»It's shorter now«, antwortet er und fängt laut an zu lachen. Zuerst bin ich total perplex, aber wenn Silas lacht, so tief und seeräuberisch, kann ich mich nicht wehren und muss mitlachen. Heute zum vorerst letzten Mal.

Silas Verletzung wirft die Abendgestaltung über den Haufen. Ursprünglich hatte die Familie Peleus ein Essen geplant, den Gastraum für mich freigehalten. Aber jetzt will niemand Silas zumuten, einhändig Fleisch zu schmoren und Kartoffeln zu gratinieren. Darum sitzen wir um den Tisch, trinken Espresso auf den Schreck der ersten Tageshälfte und grübeln über Alternativen. Bis Hannah sagt: »Sárakas.«
Sárakas heißt eine Taverne im Bergdorf Póros. Ohne Schild oder gar Werbung, hat sie sich einen Namen gemacht und es sogar in ein paar Reiseführer geschafft. Schuld ist die Reis-Zitronen-Soße, in der das Huhn serviert wird.
»Viele Touristen finden zwar das Dorf, aber dann nicht zum Essen«, sagt Timon, während Hannah den Wagen durch Sträßchen balanciert, so eng, dass sie wohl selbst einen Fiat Panda wie einen Monstertruck erscheinen ließen.

Wir sind die einzigen Gäste, die nicht aus dem Dorf stammen und ein großes Abendessen serviert bekommen. Das Hähnchen ist bedeckt mit geviertelten Zitronen. Natürlich kann es daran liegen, dass ich den Abschied vor Augen habe, oder am Rakí, den der graue Wirt mit viel Schwung und in kurzen Abständen nachschenkt, aber ich glaube mit Bestimmtheit, dass mir kein Essen je wieder so gut schmecken wird. Ich lege Messer und Gabel beiseite und benutze die Finger, weil die drei anderen es genauso machen.

Nach dem Essen vergrößert der Wirt unsere Gläser, bekommen wir die doppelte Menge Schnaps. Als wir ankamen, musste Silas erzählen, wie sie sich ihre Wunden geholt haben, und das konnte der Wirt gut nachfühlen und hielt uns der Reihe nach den Stumpf seines linken Daumens vor die Nase. Und wenn man ein Schicksal teilt, dann teilt man auch den Schnaps.
Hannah schiebt mir ihr Glas rüber und sagt: »Du weißt, wie die Straßen sind. Man muss klar sehen können.« Kurz bin ich versucht, meine Geburtstagsrede nachzuholen, als Timon sein Knie gegen mein Knie stößt und aus dem Fenster deutet.
Es schneit.

Ich konnte mir auf dieser Insel nichts weniger vorstellen als Schnee und staune jetzt, wie schön er neben mir im Scheinwerferlicht der Landebahn wirbelt. Dann hebe ich wieder ab.

62

Nach etwa 5200 Meilen:

New York City, Weltstadt an der Ostküste der Vereinigten Staaten von Amerika. Ungefähr acht Millionen Menschen leben hier. Das wären 7 999 500 Menschen mehr als in Königsburg.

63

Im Flughafen stehen überall Beamte mit Maschinengewehren. Ich wüsste gern, ob die Bedrohung akut ist oder man generell eingeschüchtert werden soll. Einer der Security Guards hat sich vor den Restrooms aufgebaut, lässt mich im Vorübergehen nicht aus den Augen und spricht in seinen Hemdkragen. Er verunsichert mich dadurch so sehr, dass ich mich nicht reintraue, obwohl ich es schon seit dem Landeanflug kaum zurückhalten kann.

Hinter dem Kontrollpunkt erspähe ich das nächste Klo. Du schaffst es, sage ich mir. Dein Körper ist eine Wüste, Max.

»Good Morning, Sir.«

»Good Morning«, antworte ich, darum bemüht, meine Stimme möglichst entspannt klingen zu lassen. Ich bin so gierig auf das Pissoir, dass ich ständig über den sauber gescheitelten Mr Bowman, der vor mir in seinem Kasten sitzt, hinweg in Richtung Klotür blicken muss.

»Why do you want to travel to the USA?«

Ich will einfach nur aufs Klo.

»For tourist purposes. I always wanted to see New York in the pre-Christmas season.«

Mr Bowman blättert in meinem Reisepass, betrachtet das Foto, auf dem ich aschfahl bin.

»Will it be your first trip to the US, Mr Fliga?«

Ich kann's nicht länger halten. Gib mir die leere Wasserflasche, die da neben dir steht. Hab ein Herz ...

»No, it's my second time.«
»When was the first time?«
»Ten years ago.«
»How long will you stay?«
»A couple of days.«
»And where will you stay?«
Ich krame nach dem Zettel mit der Adresse, in der Bewegung lösen sich ein paar Tropfen, lese ab und hoffe, das war's.
»Are you nervous?«
»Oh ... ahm ... well, I'm excited ... I mean it's New York and ...«, and I have to go to the fucking toilet. Immediately, Mr Bowman, Sir!
Endlich greift er zum Stempel und drückt ihn in meine Papiere.
»Enjoy your stay, Mr Fliga.«

Die Triberger Wasserfälle sind ein Witz gegen das, was Sekunden später endlich aus mir in die Rinne stürzt.

Draußen fällt Eisregen. Wieder komme ich aus Griechenland, wieder bin ich viel zu dünn gekleidet. Ich reibe meine Hände und winke ein Taxi heran.
»Flatbush Avenue, please.«

64

Ich laufe durch den Teil des Parks, der im Artikel beschrieben wurde, alle paar Meter versucht man, mir etwas zu verkaufen, meistens wirklich Crack. Kurz glaube ich Suzie zu erkennen. Ein Junge, der mit Sicherheit nicht älter als sechzehn ist, bietet mir Sex an. Seine Hände haben offene Stellen und sind blau von der Kälte. Ich gebe ihm zwanzig Dollar und frage, vor wem man besonders viel Angst haben sollte, wer hier den Ton angibt.
»Dwayne.«
»And where I can find him?«
»Just turn around.«
Ich drehe mich um und sehe ihn, ungefähr zwanzig Meter entfernt. Dwayne ist weiß und sieht aus wie ein Durchschnittstyp, wie ein Casey. Ein Mädchen kommt zu ihm, sie sagt etwas, was ich über die Entfernung nicht hören kann. Er schüttelt den Kopf und sie fängt an zu betteln, will ihn anfassen. Grob stößt er sie von sich, droht mit den Händen, woraufhin sie weinend davonstolpert. Ihre High Heels wirken instabil. Dwayne zündet sich eine Zigarette an und sieht in meine Richtung, unsere Blicke treffen sich kurz. Ich frage den Jungen: »How old are you?«
Als die Antwort ausbleibt, drehe ich mich um. Der Junge ist weg. Ich wende mich wieder Dwayne zu, doch auch er ist verschwunden. Casey, Dwayne, wie auch immer. Jetzt weiß ich, dass es dich gibt. Und schon bald wirst auch du wissen, dass es mich gibt.
Wenig später sitze ich wieder im Taxi.

65

Mein Blick rauscht vertikal an den Fassaden entlang. Manhattans Schluchten haben nichts mit denen auf Kreta gemeinsam. Die Wände sind glatt und durchsichtig und stecken voller Leben. Vielleicht hört man hier nie kein Geräusch.

Die Beschreibung des Every Season Hotel klang gut im Netz. Ein Haus aus dem frühen 20. Jahrhundert, mit verwinkelten Zimmern und veganem Restaurant, betrieben von Leuten in meinem Alter. Nach dem Fleischüberschuss und den Altersunterschieden der letzten Monate also vielleicht genau der richtige Ort. Ich bin froh, Andreas, der mittlerweile in Oslo lebt, nicht besuchen zu müssen.

Der Page heißt James, trägt statt Uniform und Hütchen einen schwarzen Rollkragenpullover und ein weißes Stirnband. Er sagt mir, dass ich gut aussehe. Wahrscheinlich sagt er das allen Gästen, trotzdem hätte ich nichts dagegen, ihn näher kennenzulernen.

Im Zimmer riecht es nach Zimt und Nuss, ist es schön warm. Auf dem karierten Kopfkissen liegt eine Packung Kaugummi mit Cola-Geschmack. Ich stecke mir einen in den Mund, rücke den Stuhl vor das Fenster und mache Blasen. Auf den Feuertreppen gegenüber hocken gedrungene Tauben. Aus dem Eisregen ist Schnee geworden.

66

Eingepackt in einen schwarzen Wollmantel mit Daunenfutter, biege ich in den Central Park. Unter dem Mantel trage ich einen ebenfalls schwarzen Pullover und an den Füßen gehäkelte Alpaka-Socken in dunkelbraunen Raulederschuhen. Für die neuen Sachen ging ich in einen Store unweit des Hotels. Er schien nicht angesagt, aber zeitlos zu sein, die Kleider, die in den sparsam ausgestatteten Schaufenstern lagen, hatten gedeckte Farben und simple Schnitte.
Als ich mit dem geerbten Guthaben auf meiner Kreditkarte bezahlte, lächelte die Verkäuferin ein weißes Lächeln. Es war viel zu weiß, um wahr zu sein, muss sie etliche Dollars und Zahnschmelz gekostet haben.

Jogger kommen mir entgegen, treiben ihren kondensierenden Atem vor sich her. Ich entscheide mich für einen etwas abseitigeren Pfad, da ich gelesen habe, dass man in den ruhigen Ecken des Central Park gut Vögel und Eichhörnchen beobachten kann.
Im Dickicht neben mir locken Pfiffe und Geraschel. Ich bleibe vorsichtshalber auf dem regulären Pfad.

Voriges Jahr war ich als Betreuungslehrer mit auf Klassenfahrt in Südfrankreich. Ein paar Schüler meinten eine Abkürzung zum Strand entdeckt zu haben, die durch ein dichtes Pinienwäldchen führte. Meine beiden Kolleginnen und ich ließen uns darauf ein, weil es immer besser ist, die Fünfzehnjährigen auf seiner Seite zu haben. Je weiter wir im Wäldchen vorankamen, desto mehr Männer begegneten uns. Sie sagten »Salut«, lächelten oder senkten die Köpfe. Und dann kreischte die vorderste Mädchengruppe plötzlich und kam angerannt. Sie hatten eine Gruppe Männer beim Oralverkehr gestört.

Die neuen Schuhe reiben an den Fersen. Ich setze mich auf die nächstbeste Bank, um sie kurz zu schonen. Wie viele Bänke im Park ist auch meine jemandem gewidmet. Auf einem kleinen Messingschild steht:
IN LOVING MEMORY OF HAYDEN LORD, TREE EXPERT.
APRIL 10, 1998 – DECEMBER 22, 2000.
Nicht einmal drei Jahre. Vielleicht war Hayden das jüngste Botanik-Genie der Stadt, des Landes, der Welt. TREE EXPERT, ich weiß, wem das gefallen würde. Ich übertrage die Zeilen in meinen kleinen Notizblock.

Ich hole den Bagel, den ich extra aufgespart habe, aus dem Rucksack. Reglos warte ich auf Interessenten. Ich fröstle schon leicht, als sich endlich ein Vogel vor meine Füße traut. Es ist eine Meise, die erkenne ich gut. Jahr für Jahr hängten sie sich im Winter an die Knödel, die meine Mutter draußen festgeknotet hatte. Manchmal waren sie leichtsinnig, wurden von einer Katze geschnappt und zerrupft. Wenn mir langweilig war, lauerte ich mit der Steinschleuder, um sie zu verteidigen.
Ich brösle den Bagel in den Schneedreck. Zuerst flattert die Meise erschrocken auf einen Ast, dann aber traut sie sich und pickt nach den Krumen. Ich richte das Objektiv aus.
Der Bagel lockt ein weiteres Vogelpaar an, Finken oder Sperlinge, ich weiß es nicht genau. Für das Voice-over sollte ich mich auf jeden Fall ornithologisch absichern.

Am Ende der Fütterung, der Akku der Kamera blinkt rot und meine Finger sind klamm, landet noch ein Vogel. Er ist größer als die anderen, hat blauschwarzes Gefieder und einen braunen Schnabel. Diese Art habe ich noch nie gesehen. Rasant bückt er sich nach dem, was die Kleinen übrig gelassen haben. Es ist ihm nicht genug, und als einer der Sperlinge oder Finken ihm zu nahe kommt, hackt er ihn ohne Warnung tot. Ich schaue den martialischen Vogel an, der legt den Kopf schräg und stellt einen Fuß auf sein Opfer. Sein scharfer Schnabel öffnet sich ein Stück, lässt jedoch nichts hören. Die Batterie der Kamera versagt. Der Schnabel weitet sich erneut. Wir blicken uns an, irgendwie vertraut.

Nach dem Abendessen höre ich noch kurz dem jungen Schriftsteller zu, der in der Hotelbar Gedichte vorträgt. Er hat ein introvertiertes Auftreten und eine sanfte Stimme. Deshalb bin ich einigermaßen überrascht, als er das Thema seiner Gedichtsammlung umschreibt. Im Mittelpunkt steht ein Junge, der von einer dunklen Macht den Auftrag bekommt, sämtliche Hauptfiguren aus den Disney-Trickfilmen umzubringen.
Das erste Gedicht heißt »Over The Sea« und erzählt, wie der Junge Arielle, die Meerjungfrau, aus ihrem Unterwasserkönigreich in die Wüste Gobi verschleppt und sie in der Sonne zu Tode röstet.
Im zweiten Gedicht mit dem Titel »Big Ears, No Tears« ist er Großwildjäger und erlegt bei einer Safari sowohl Dumbo als auch den König der Löwen.
»Dog Eat Dog«, das letzte, dass ich mir anhöre, handelt vom größten Hundekampf, den Tijuana je gesehen hat. Der Junge hat ihn organisiert und hetzt 101 American Pit Bull Terrier auf 101 Dalmatiner.
Ich trinke den Whisky aus und gehe auf mein Zimmer.

Zum Einschlafen schalte ich den Fernseher an. Sie bringen *24*. Jack Bauer ist gerade dabei, einen Terroristen unter Wasser zu tauchen. Er sagt: »For the last time, when?«
Der Terrorist ist gebrochen und keucht: Tomorrow ... the plan is to shoot the president tomorrow, during the parade.« Jack Bauers Gesichtszüge entgleisen, er schleudert den Verräter gegen die Wand und rast los, sein Vaterland zu retten.
Morgen Abend gehe ich auf Konfrontationskurs.

67

Ich nehme die Tauben auf, putze nebenbei Zähne. Das Licht ist perfekt und lässt selbst das hässliche Grau ihrer Federn strahlen. Einige spreizen die Flügel, ich gehe unter die Dusche.

Sauber und gekämmt, trete ich zurück ans Fenster. Die Sonne ist weitergewandert und die Tauben sehen wieder gewohnt krank aus. Ich frage mich, warum sie nicht abhauen, aus dem Schatten in die Sonne ziehen. Besetzen Fluchtwege und haben keine Ahnung vom Flüchten.

Ich frühstücke Pancakes und Kaffee. Der Kellner empfiehlt mir zusätzlich ein Schälchen Obstsalat, und ich sage nicht nein, denn heute will ich es ja tun, kann ich Abwehrkräfte gut gebrauchen.
Vor die Tür tretend, lasse ich mich einfach mit dem Strom treiben wie als Knirps mit der Luftmatratze auf dem Rhein. Mama und Papa schwammen begleitend neben mir her, und an der Endstation, dem Strandbad von Gailingen, bekam ich immer ein Bum Bum, dieses schlimme Vanilleeis mit Erdbeerüberzug.

In der U-Bahn liegen zwei Obdachlose aneinandergeschmiegt auf den Platten. Ich kann nicht erkennen, ob sie noch atmen, und niemand scheint nachsehen zu wollen. Auch ich will sie ungern ansprechen, weil ich befürchte, dass mich einer von ihnen beißt oder mit seiner Spritze sticht oder mich umarmt. Ich sehe auf die Anzeige. Zwei Minuten bleiben. Mit klopfen-

dem Herzen bewege ich mich auf den kauernden Haufen zu. Ich habe sie fast erreicht, da erscheint ein U-Bahn-Wärter.
»Wake up, guys.«
Keine Reaktion. Der Wärter geht in die Hocke, wiederholt: »Wake up.« Er wird handgreiflich. In den Anorak kommt Bewegung, ein Kopf hebt sich. Der junge Mann wälzt sich herum und blinzelt verwirrt auf den Bahnsteig. Seine Begleitung wacht ebenfalls auf, und als beide stehen, nimmt er ihre Hand und sie sieht ihn treu an. Langsam gehen sie auf den Ausgang zu. Die Bahn fährt ein. Oben sind es trotz Sonnenscheins minus fünf Grad.

Ein Hundeausführer steht in SoHo mit seinem Rudel vor einem Prada-Store. Er trägt gigantische Plateauschuhe und hat ein Kreuz wie ein Wrestler. Die Hunde werden langsam unruhig und stolpern übereinander, drohen sich zu verknoten. Kraftvoll reißt ihr Sitter an den Leinen, stranguliert die Hunde. Dann versinkt er wieder sehnsüchtig in die Taschen hinter dem Glas. Zwei der vier Pudel lecken sich gegenseitig das Arschloch.

Ich stehe unter dem Fieberglasmodell eines Blauwals im American Museum of Natural History. Es ist in seiner Dimension zwar eindrucksvoll, aber nicht so unmittelbar wie der präparierte Körper in Göteborg. Vielleicht hat man von der Sache in Schweden gehört und den Wal deshalb außer Reichweite gehängt. Und um die Lust im Keim zu ersticken, gibt es für 6- bis 13-Jährige die Möglichkeit, eine Nacht unter dem Wal zu verbringen.
Der Bauch des Modells funkelt hellblau, und ich stelle mir vor, wie es wäre, im nächsten Moment darunter begraben zu werden.

Eine Mutter mit Kind gesellt sich zu mir.
»Wow. That is a big fish, Mommy.«
»Yes, Quinn. It is the biggest fish in the world.«
Resigniert senke ich den Kopf und sage, ohne sie dabei anzusehen: »It's a mammal. You should know that.«
»Thank you, Mister«, erwidert die Mutter beleidigt.
»You're welcome.«
Lächelnd ziehe ich meine rote Mütze auf und gehe weiter.

Um die Mittagszeit streife ich durch Chinatown. An den Tischen im Columbus Park liefern sich Spieler trotz der Kälte Schachduelle, auf der schneebedeckten Rasenfläche trainiert eine chinesische Cheerleader-Truppe Spagat. Die Straßenstände bieten lebendige Schalentiere und japsende Fische an, batteriebetriebene Plastikkatzen winken mit den Pfoten, Tintenfischarme hängen aus Kisten und nackte Enten baumeln von den Decken.
Hungrig lande ich in einem unscheinbaren Imbiss und werde von der resoluten Bedienung dazu aufgefordert, Platz zu nehmen. Sie bringt eine Karte, die ich nicht lesen kann. Als sie wissen will, was ich möchte, zeige ich hilflos auf die dampfende Schüssel des schlürfenden Mannes neben mir. Sie nickt und serviert mir Sekunden später das Gleiche. Ich schnuppere an der Oberfläche und rühre um. Außer Zitronengras und Koriander kenne ich nichts von dem, was da in der Brühe trudelt. Besorgt schaue ich mich um. Zögerlich durchsteche ich die Fettaugen mit den Stäbchen.
Für alle Fälle besorge ich mir Magentropfen in einer Apotheke auf der Canal Street. Ich habe alles aufgegessen und die Bedienung hat gelacht und mir auf die Schulter geklopft.
Das war es wert.

Unter mir schippert der Fährbetrieb von Manhattan nach Brooklyn, über mir zieht ein Flugzeug vorbei. Vor ein paar Jahren musste so ein Jet auf dem Hudson River notwassern. Heute verschwindet das Flugzeug über den Wolken.
Eine Familie fotografiert sich vor der Brüstung. Die Tochter streckt dem Blitz ein Peace entgegen, der Sohn ein Fuck you, was den Vater zur Weißglut treibt. Er brüllt laut und ich freue mich ein bisschen, denn er brüllt auf Griechisch. Ein junges Paar tritt ans Geländer und wirft beherzt eine mit Papier gefüllte Plastikflasche in den East River. Die Frauengruppe neben ihnen erkundigt sich, um was für eine Flaschenpost es sich handelt.
»That's a secret. It's only for the one who'll find it«, antwortet das Paar.
Man sieht dem Nicken der Frauen an, dass sie gerne die Finderinnen wären.
Ich mache mich auf den Rückweg ins Hotel, will noch in die Badewanne, mir etwas Mut antrinken.

68

Jetzt stehe ich hier, vor dem Waffengeschäft namens Gun-Town, habe 3000 Dollar in bar und kann nur hoffen. So wie ich jahrelang gehofft habe, dass alles von selbst wieder gut wird.
Ich gehe durch die Tür, ein Glockenspiel ertönt, kein anderer Kunde ist im Laden. Der Mann hinter dem Tresen setzt gerade einen Colt zusammen. Er sieht auf.
»Hey there.«
»Good evening, Sir.«
Keine Ahnung, warum ich ihn »Sir« nenne. Vielleicht, weil das hier der militaristischste Ort seit meiner Musterung ist. Hinter ihm hängen die Stars and Stripes an der Wand, eine Reihe von drei Bildern.
Oben: Ein junger GI vor einem Hubschrauber, im Hintergrund Palmen. Vietnam, schätze ich. Jan wüsste das besser.
Mitte: Eine junge Rekrutin vor einem Panzer inmitten von Sand. Vielleicht seine Tochter, vielleicht Irak oder Afghanistan.
Unten: Vater und mögliche Tochter vor einem Märchenschloss. Disneyworld 1999.
»What brings you here?«, fragt er.
Das Geräusch der Faust, als sie aufs Gesicht des Mädchens trifft, meine Eltern in tausend Teilen, Suzies Augen –
Ich lege das Bündel auf den Tisch und sage: »I need a gun.«

Der Mann mustert mich jetzt wirklich. Dieses Mal wäre für untauglich befunden zu werden kein Grund zum Freuen. Sein

Mund macht mümmelnde Bewegungen, er greift in seine Tasche und zieht, gegen meine Erwartung, kein Handy daraus hervor, um das NYPD zu verständigen, sondern eine Taschenuhr. Er betrachtet das Ziffernblatt, sagt: »Time for a break«, und geht flink zur Tür, dreht den Schlüssel im Schloss und das Close auf die Straße. Ich denke an das weiße Kaninchen aus *Alice im Wunderland,* kontrolliere meinen Schritt. Alles trocken. Der Mann nimmt das Geldbündel und verschwindet in einen Hinterraum des Geschäfts.

»9mm. Easy to handle. And it's not registrated«, sagt er und führt den Magazinwechsel vor. Schließlich legt er die Waffe auf die Glasplatte des Tresens. Wir sehen uns an, er mümmelt wieder. Ein Nerv in meinem linken Bein klopft gegen die Haut, lässt es wackeln, wie damals, beim ersten Versuch der praktischen Führerscheinprüfung, in der Spielstraße mit den großen Blumenkästen, die ich im Schritttempo umfahren sollte. Ich konnte die Kupplung nicht mehr halten, der Fuß tanzte auf dem Pedal. Mein Fahrlehrer sagte: »Fängst du jetzt an zu spinnen?«, und der Prüfer auf der Rückbank kringelte irgendwas in seinem Protokoll. Am Schluss rutschte ich ganz vom Pedal und der Wagen machte einen Satz nach vorn. Das linke Frontlicht zerbrach, als es auf den Blumenkasten traf, der Fahrlehrer schimpfte, der Prüfer kringelte, und ich starrte in die Geranien. Rotere Geranien habe ich nie mehr gesehen.

Das Rot der amerikanischen Flagge flattert im Blickfeldrand, der Mann fragt: »Is this it?«
»Yes ... this is it ... Sir, I – «
»I don't wanna know anything. We never met, you have never been here. You get me?«
»Yes, Sir.«

Er geht zur Ladentür, dreht das Schild, den Schlüssel im Schloss, und hält sie mir auf.
»Good luck«, sagt er.
Ich folge ihm, mit wackelndem Bein, halte auf seiner Höhe an.
»The girl from the pictures. Is she doing fine?«
Seine Augen verdunkeln sich.
»You better go now.«
In dem Moment als die Tür hinter mir schließt, werden New Yorks Straßenlaternen angeknipst.

69

Ready to play.

70

Ich verstecke mein Gesicht nicht hinter einem Halstuch, einer Sturmmaske, einem Strumpf. Er soll sehen, dass wir uns nicht groß unterscheiden.
Wieder hat es angefangen zu schneien, die Spuren, die ich hinterlasse, werden nicht lange zu sehen sein. Mich wundert, dass jetzt, nach Einbruch der Dunkelheit, weniger Betrieb herrscht als an dem späten Morgen vor ein paar Tagen. So gut kenne ich mich nicht aus, kann mir aber schon vorstellen, dass man durch bestimmte Drogen Angst vor der Dunkelheit bekommt.
Ich gehe an einer Gruppe vorbei, die dicht gedrängt um einen Gaskocher herum steht. Einer von ihnen scheint eine Geschichte zu erzählen, als säßen sie am Lagerfeuer im Pfadfindercamp oder auf einem Hof von Freunden im Schwarzwald. Die Kleinste von ihnen ruft mir zu: »You got something?« Ohne anzuhalten, rufe ich zurück: »Not yet.«

Dwayne hat keine Angst vor der Nacht, steht an seinem Platz. Die Kälte scheint ihm nichts auszumachen, er scheint sie gar nicht zu spüren. Um die Laterne, die über ihm leuchtet, schwirrt nicht eine Motte, wirbeln unzählige Schneeflocken. Kein Officer, niemand außer uns beiden ist in Sicht.
»No one cares.«
Tatsächlich scheint es so zu sein. Dann bewegt Dwayne sich in Richtung Gebüsch. Ich folge ihm.

Als er seinen Reißverschluss geöffnet hat, es plätschert, ziehe ich die Pistole aus dem Mantel und trete so geräuschlos wie möglich hinter ihn. Fest drücke ich den Lauf in seinen Nacken. Überrumpelt zuckt er zusammen, »What the fuck«, pisst sich selbst ans Bein.
»Shut up and go further into the bush«, fordere ich.
»Okay ... can I close my pants first?«
»No.«
»Fuck, man ...«
Ich drücke ihm den Lauf noch fester in den Nacken.
»Okay«, wiederholt er und schlägt sich widerwillig ins Gestrüpp. Als genügend Äste uns vor möglichen Zeugen verdecken, befehle ich ihm anzuhalten. Ich spüre, dass er große Angst hat.
»What you want?«, fragt er.
»At first your gun.«
»I don't have no ...«
Ich schlage ihm aufs Ohr.
»Your gun!«
Ächzend greift er nach hinten in seinen Hosenbund.
»Slowly«, mahne ich.
Er hält die Pistole neben sich, könnte sein, dass wir uns für das gleiche Modell entschieden haben, es ist zu finster, um es eindeutig zu erkennen. Ich nehme ihm die Waffe aus der Hand, schleudere sie so weit wie möglich zwischen die Bäume.
»What now?«
»Take off your clothes«, antworte ich.
»I have money ...«, stottert er.
»Sure. Take off your clothes.«
»Why you do this?«
»I want you to know how it feels.«

»What?«
»Shut up.«

Als er nackt ist, sage ich ihm, dass er alles Geld und alle Drogen in sein Unterhemd legen und ordentlich verknoten soll. Außerdem lasse ich ihn seine Schnürsenkel aus den Schuhen lösen und einen seiner Socken in den Mund stopfen.
Ich trete aus seinem Rücken, weiche dabei mit dem Lauf nicht ab, ziehe ihn vom Hinterkopf über die Schläfe an die Stirn und beuge mich auf Augenhöhe. Damit er mich sehen kann, leuchte ich unsere Gesichter mit meinem Handy an, sage: »The game is over. Close your eyes, you tough boy.« Er fängt an zu heulen, zittert stark. »Close your eyes«, wiederhole ich. Nach einigem Sträuben kneift er sie endlich zu.

Peng!
Peng!

71

Ich musste ihm zwei Schläge mit dem Kolben verpassen, bis er bewusstlos wurde. Dann fesselte ich ihn mit seinen Schnürsenkeln, an den Beinen machte ich einen lockereren Knoten. Am Ende warf ich seine Jacke über ihn und schüttete eine Dose Mountain Dew über sein Gesicht, was ihn zu sich kommen ließ. Bevor er ganz wach wurde, verschwand ich.

Geradewegs laufe ich auf die Gruppe um den Gaskocher zu. Sie sehen mich an. Ich drücke der Kleinsten von ihnen das Unterhemd in die Hand. Ihre Augen sind noch trauriger als die von Suzie. »Merry Christmas«, sage ich, schlage den Mantelkragen hoch und gehe schnell Richtung Ausgang.

72

Aus dem Tor getreten, beginne ich zu rennen und bin sofort außer Atem und werde trotzdem nicht langsamer. In einiger Entfernung huscht ein Hund über die Straße, ich will »Lio« brüllen, aber erstens ist das nicht möglich und zweitens sehe ich ein blaues Flackern, das sich in meine Richtung bewegt. Und im nächsten Moment setzt die Sirene ein, strauchle ich und lande auf dem schneematschigen Sidewalk. Die Sirene heult, ich heule, die Tränen kommen mir wahnsinnig warm vor. Ich will schon die Hände über dem Kopf verschränken, als das Auto einfach so an mir vorbeifährt und in den Park abbiegt. Zunächst muss ich noch heftiger heulen, dann lachen, wie schon einmal dieses Jahr, beim Gedanken an Mama und Papa und ihren Feuertod. Plötzlich steht der Hund direkt vor mir. Ich beginne ihn zu streicheln und sein flauschiges Fell erinnert mich daran, wie groß meine Sehnsucht nach einem Bett ist, wie erschöpft ich bin.

Sechzehn Stunden später werde ich wach. Ich stehe auf und ziehe die Vorhänge zur Seite. Sie haben die Straßenlaternen schon wieder angeknipst. Ich gehe zurück zum Bett, greife unters Kopfkissen. Die Pistole ist ganz warm.

73

Letzter Abend. Ich sitze in derselben Bar wie vor zehn Jahren. Die Einrichtung hat sich verändert, und ich bin zuerst nicht ganz sicher, ob ich mich wirklich am richtigen Ort befinde. Aber dann sehe ich, dass in der Mitte des Raums immer noch der Tisch mit dem Plattenspieler und den Kisten voller 7inch-Singles steht. Für 50 Cent darf man seinen Song auflegen. Von zehn bis elf ist Happy Hour, gibt es zu jedem Drink ein Lied. Seit ich hier bin, laufen Tom Petty und die Smiths im Wechsel, investiert ein Slacker in Röhrenjeans und XL-Flanellhemd sein ganzes Kleingeld in den melancholischen Sound der 80er. Es ist neun Uhr, und ich schütte den Rest meines Wodkas auf Eis zu den drei Bieren, die ich an der Hotelbar getrunken habe. Noch ist es nicht voll. Luke, der heute ausschenkt, jedem neuen Gast die Hand schüttelt und nach dem Namen fragt, meint, dass das untypisch für einen Freitag ist und wahrscheinlich mit dem Indiefilm-Festival zusammenhängt, das die Kinos der Gegend veranstalten. Er zeigt auf zwei junge Mädchen, denen er trotz ID nicht glaubt, dass sie über einundzwanzig sind, und deshalb extrem wenig Rum in die Cola gemischt hat.

»They've heard James Franco will be here tonight«, flüstert er grinsend.

»And will he?«

»I don't think so ... but you look a little bit like him. With the curls and the cheeky eyes. You could be their consolation.«

»Thanks, but I'm not interested«, sage ich geschmeichelt.

»Are you gay?«

»No, but if I were I would also wait for James Franco.«
Er lacht.
»Another drink?«
»Any recommendations?«

Falls James Franco tatsächlich auftauchen sollte, mache ich ein Foto mit ihm und schicke es Valentin. Mir fällt nichts ein, was ihn neidischer machen könnte. Ich glaube, er hat *Spiderman* mindestens so oft gesehen wie ich *Jäger des verlorenen Schatzes* und Maria *Titanic*, allein 1997 war sie fünfmal in dem Film. Einmal musste ich mit, wollte knutschen, wartete aber zu lange ab, denn als das Schiff und Leonardo DiCaprio endlich gesunken waren, konnte Maria nicht aufhören zu heulen, und auch ich war deprimiert. Ein Unglück in diesem Ausmaß lässt keinen Menschen kalt, da war und bin ich mir ganz sicher.

Lukes Cosmopolitan ist stark, und ich stelle das Glas ein wenig zu hart auf das Holz zurück. Das Kartenhaus, an dem die Frau am Ende des Tresens seit einiger Zeit bastelt, fällt in sich zusammen. Sie flucht und ich flüchte auf die Toilette.

Als ich zurückkomme, ist sie auf den Hocker nebenan gerückt und bremst meinen beschwipsten Gang aus. Befangen setze ich mich.
»You destroyed my house of cards«, sagt sie.
»I'm really sorry ...«
»Which part of Germany you are from?«
»How do you know that I'm german?«
»Typical accent, my aunt lives in Heidelberg ... and I admit I've been eavesdropping while you were talking to Luke.«
»I'm from the Black Forest, it's close to Heidelberg.«

Sie lächelt und befeuchtet ihre Lippen.
»What are you doing in New York?«
»Just hanging around.«
»M-hm. So than hang-around-boy from the Black Forest, let's have a tequila, you and me.«
»Sure. By the way, my name is Max.«
»Emily.«
Ihre Hand ist klein und ungeschmückt, kein Ring, kein Band. Sie ist wie der Rest von Emily, schlicht schön.

»Happy Hour«, verkündet Luke. Ich bestelle ein Light-Bier, sonst ist die Nacht bald vorbei. Emily bleibt bei Tequila und beschließt: »Let's choose our songs.« Auf ihrem Handrücken funkeln ein paar feuchte Salzkristalle.
Ich entscheide mich für die Lemonheads. Emily nickt anerkennend, sagt: »Evan Dando is amazing!« Sie wiegt sich im Takt und singt mit: »I'm too much with myself, I wanna be someone else.«
Und als das Lied vorbei ist, legt Emily ihre Auswahl auf den Teller: *My Hometown*. Sie ist ein weiblicher Valentin.

Weil, wie sich herausgestellt hat, Emily die Mitbewohnerin von Luke ist, zahlen wir bloß die Hälfte. Emily hat gesagt, dass ich mit ihr nach Chelsea auf eine Vernissage kommen soll. Jordan, ihr bester Freund, stellt seine Kunst auf einer Dachterrasse aus. Er macht Skulpturen aus Leuchtstoffröhren und es wird ein Barbecue und Bowle geben.
Vor der Tür laufen wir gegen eine Wand aus eisiger Luft, gerate ich ins Schwanken, kann mich aber auf den Beinen halten. Ich zünde mir eine Zigarette an und Emily erzählt, dass sie seit Monaten an jedem Sonntag aufhört und an jedem Samstag wieder anfängt. Da es noch nicht Mitternacht ist, rauche

ich allein. Hier in Amerika komme ich mir auf offener Straße dabei leicht verbrecherisch vor. Fühlt sich super an.

Wir haben uns darauf geeinigt, ein paar Blocks zu Fuß zu gehen, um uns frisch zu machen. Den Rest wollen wir mit dem Taxi fahren. Als wir an einer roten Ampel auf Grün warten, fängt Emily an, mir von ihrem Studium zu erzählen. Sie ist fünfundzwanzig und studiert Creative Writing an der Columbia. Ihre Eltern finden das ziemlich riskant und weigern sich, sie zu unterstützen. Dass sie es trotzdem tun kann, weil sie ein Begabtenstipendium bekommen hat, überrascht mich nicht. Selbst vorhin, während ihres schiefen Gesinges, sah sie immer smart aus. Sie erzählt mir was von Hemingway, der gesagt hat, dass man über das schreiben soll, was man kennt. Im Moment ist sie dabei, ausgiebig zu recherchieren, so viel wie möglich kennenzulernen.
Sie hakt sich bei mir unter und sagt: »Tell me a story, Max.«
»Maybe later. Now let's see who's gonna be at Pizza Hut first.«
Ich mache mich los und sprinte. Sie ist überrumpelt, und als sie startet, steht der Sieger längst fest.
Und dann wird Emily offensiv. Hinter Pizza Hut geht eine schmale Seitenstraße ab. Erst als sie mich schnell atmend hineingezogen hat, nehme ich das fahle Licht, den Dampf, der aus der Kanalisation steigt, richtig wahr. Sie beginnt mich entschieden zu küssen, ich schmecke Zitrone und ihre geübte Zunge. Nervös checke ich die Lage, verschiebe meine Augen abwechselnd nach links und rechts. Emily quetscht ihre Hand unter mein Shirt, kältegeschockt und geil zucke ich zusammen. Ich versuche ebenfalls die Augen zuzumachen, mich einzulassen. Doch dann sehe ich eine Gestalt am Ende der Gasse stehen. Mit übergezogener Kapuze tritt sie aus dem Laternenlicht ins Dunkle auf uns zu. Ich wehre Emily ab, lasse sie ste-

hen. Entschlossen nähere ich mich, umfasse die Waffe in meiner Tasche, lege den Finger auf den Abzug, als sich im letzten Moment sein Benzinfeuerzeug entzündet.

»What's up man?«, fragt der Typ. Seine Lippe ist mehrfach gepierct, ein Rest Pizzakäse hat sich im Silber verfangen. Ich habe ihn nie zuvor gesehen.
Kleinlaut sage ich: »Sorry, I thought you were someone else.«
»Okay. Would you mind now? I need to take a piss!«
Er wirkt jetzt ebenfalls angespannt und nestelt an seiner Hose herum.
»Oh yes ... I mean no ... sorry again.«
Ich wende mich um und stoße mit Emily zusammen.
»Fuck, Max. What was that?«
»Nothing. Let's call a cab.«
Ich nehme ihre Hand und ziehe sie hinter mir her. Im Licht versuche ich eine Erklärung: »Sorry, Emily. I'm from the forest and sometimes the city scares me.«
Sie boxt mir sachte an die Brust. »Not exciting enough. You liar.«

Während der Fahrt küssen wir uns nicht, schauen wortlos aus den Fenstern. In der Weihnachtszeit scheint die Leuchtkraft der Stadt sich zu multiplizieren. Die gläsernen Fronten der Restaurants und Bars sind beschlagen, machen ein Geheimnis aus der Stimmung dahinter. Ohrenschützer sind anscheinend wieder angesagt, die meisten Frauen auf der Straße tragen welche.
»There we are«, sagt Emily und steigt aus.

Im Fahrstuhl prüfen wir unsere Gesichter. Schonungsloser ist das Licht nur auf Zugtoiletten. Ihr kann es nichts anhaben, aus mir macht es ein großporiges Wesen mit geröteten Augen. Emily scheint das nicht zu stören, vom 10. Stock bis unters Dach küssen wir uns, ohne Luft zu holen. Ich schnaufe danach schneller als sie. Sprinten ist nicht ihre Stärke, aber beim Tauchen würde sie mich hundertpro schlagen.

Das Dachquadrat ist gut gefüllt. Aus den Gesprächsfetzen, die ich mitbekomme, als Emily mich hinter sich her an die Bar zieht, um Jordan zu begrüßen, schließe ich, dass es den meisten Gästen weniger um die Kunst geht:
»I miss Portland.« – »Do you know the artist?« – »What a fantastic view!« – »Is that James Franco?«
Dabei sind die Skulpturen wirklich schön, passen perfekt zum Nachthimmel und den Keyboardsounds, die ein Trio vom Rand in die Menge spielt.
»EMILY!«, ruft Jordan freudig, als er uns bemerkt. Enthusiastisch umarmt er sie, hebt sie ein Stück in die Höhe. Nicht nur, dass er Jordan heißt und Afroamerikaner ist, er ist tatsächlich auch so groß wie die Basketballlegende. Nachdem er Emily zu Ende begrüßt hat, wendet er sich mir zu.
»And who are you?«
»I'm Max.«

Ein Zylinder macht die Runde. Kleine, metallene Kartuschen befinden sich darin. Jordan nimmt drei und teilt sie unter uns auf.
»What's this?«, frage ich ratlos und rücke noch ein Stück näher an einen der Heizpilze.
»Laughing gas«, sagt Emily.
»You never tried it before?«, staunt Jordan.
Sie entfernen die Verschlüsse und inhalieren. Ihre Augen werden groß.

Jordan feuert mich an: »Let's go, Max! Have some fun!«
Ich atme ein.
Der Rausch schluckt die Geräusche. Ich habe das Gefühl, Emily und Jordan schon ewig zu kennen. Ihr Lachen wärmt mich.
Euphorisch verkünde ich: »I feel like a mushroom heater.«
Jordan gefällt mein Spruch so gut, dass er fast in eines seiner Kunstwerke stürzt, und Emily nimmt meine Hand und zieht mich kichernd hinter sich her.

74

Wir wälzen uns auf fremden Laken, im Schlafzimmer des großzügigen Penthouses, das sich direkt unter dem Dach befindet und Jordans Mäzen gehört. Emily hat meine Angst weggewischt, mir gesagt, dass der Gönner übers Wochenende gar nicht hier ist, eine größere Ausstellung in einem Wüstenkaff in Arizona vorbereitet.
Ich frage nicht, was für eine Gegenleistung er von Jordan für seine Unterstützung erwartet. Dieser Moment würde keine traurigen Antworten vertragen.

Zwei meiner Finger stecken in Emily. Ich muss mich kaum bewegen, sie scheint einen kräftigen Energieschub durch das Lachgas gekriegt zu haben, stöhnt und werkelt an meiner Gürtelschnalle herum. Als sie es geschafft hat, rollt sie mit dem Mund ein Kondom über meinen Schwanz, lässt sich dann zurückfallen und spreizt die Schenkel. Ihr Gesicht sieht erwartungsvoll aus und ich werde versuchen, mein Bestes zu geben. Um nicht zu schnell zu kommen, mache ich mir Gedanken über die Zukunft.

Ich bin leise, will vermeiden, Emily aufzuwecken. Bevor ich eingeschlafen bin, habe ich mich auf diesen Abgang vorbereitet. In ihrer Hosentasche steckt ein Zettel, auf dem steht, dass ich sehr froh bin, ihr begegnet zu sein, und dass ich mich darauf freue, bald ihren ersten Roman zu lesen.
Auf Zehenspitzen sammle ich meine Klamotten ein und hu-

sche aus dem Zimmer. Jordan liegt auf dem Wohnzimmerteppich, hat es nicht mehr geschafft, das Licht zu löschen, was mir jetzt entgegenkommt. Eigentlich würde ich gerne eine Decke über ihm ausbreiten, fünfhundert Dollar neben seinen Kopf legen und eines seiner Kunstwerke mit nach Hause nehmen. Aber die Fußbodenheizung dürfte ihn ausreichend wärmen und ich habe sowieso nicht mehr genug Bargeld in den Taschen. Also gehe ich einfach.
Der Fahrstuhl öffnet sich, da zieht es mich zurück aufs Dach.

Ich wandle durch zugeschneiten Partymüll auf die Kante zu, jeden Augenblick dürfte die Nacht ins Zwielicht übergehen. Unten liegt die Stadt, ruht sich einen Moment aus. Von oben fällt Schnee.
»Der Held am Abgrund – wie dramatisch.«
Ich bin nicht überrascht, als Patrick jetzt neben mir auftaucht. Bei der Fallhöhe habe ich mit ihm gerechnet.
»Und was nun?«, fragt er.
»Ich weiß nicht. Was schlägst du vor?«
»Spring.«
»Ich springe, wenn du springst.«
»So gefällst du mir, Maxi!«
»Davor habe ich noch zwei Fragen.«
»Schieß los.«
»Warum sprichst du eigentlich Deutsch? Und: Musstest du bei *Titanic* weinen?«
»Erstens: Weil du das willst. Und zweitens: Ich musste so lachen, als dieser blöde Kahn untergegangen ist. Du hast natürlich geflennt, nicht wahr?«
»Ja ... na gut, dann zähle ich jetzt bis drei und wir springen.«
»Super.«
Ich schließe die Augen und beginne mit dem Countdown:

»Eins ... Zwei ...«

xxxxxxxxxxxxxxxxxxxxxxxxxxxxxxxxxxxxxxxxxxxxxxxxxxxxxxxxxx
xxxxxxxxxxxxxxxxxxxxxxxxxxxxxxxxxxxxxxxxxxxxxxxxxxxxxxxxxx
xxxxxxxxxxxxxxxxxxxxxxxxxxxxxxxxxxxxxxxxxxxxxxxxxxxxxxxxxx
xxxxxxxxxxxxxxxxxxxxxxxxxxxxxxxxxxxxxxxxxxxxxxxxxxxxxxxxxx
xxxxxxxxxxxxxxxxxxxxxxxxxxxxxxxxxxxxxxxxxxxxxxxxxxxxxxxxxx
xxxxxxxxxxxxxxxxxxxxxxxxxxxxxxxxxxxxxxxxxxxxxxxxxxxxxxxxxx
xxxxxxxxxxxxxxxxxxxxxxxxxxxxxxxxxxxxxxxxxxxxxxxxxxxxxxxxxx
xxxxxxxxxxxxxxxxxxxxxxxxxxxxxxxxxxxxxxxxxxxxxxxxxxxxxxxxxx
xxxxxxxxxxxxxxxxxxxxxxxxxxxxxxxxxxxxxxxxxxxxxxxxxxxxxxxxxx
xxxxxxxxxxxxxxxxxxxxxxxxxxxxxxxxxxxxxxxxxxxxxxxxxxxxxxxxxx
xxxxxxxxxxxxxxxxxxxxxxxxxxxxxxxxxxxxxxxxxxxxxxxxxxxxxxxxxx
xxxxxxxxxxxxxxxxxxxxxxxxxxxxxxxxxxxxxxxxxxxxxxxxxxxxxxxxxx
xxxxxxxxxxxxxxxxxxxxxxxxxxxxxxxxxxxxxxxxxxxxxxxxxxxxxxxxxx
xxxxxxxxxxxxxxxxxxxxxxxxxxxxxxxxxxxxxxxxxxxxxxxxxxxxxxxxxx
xxxxxxxxxxxxxxxxxxxxxxxxxxxxxxxxxxxxxxxxxxxxxxxxxxxxxxxxxx
xxxxxxxxxxxxxxxxxxxxxxxxxxxxxxxxxxxxxxxxxxxxxxxxxxxxxxxxxx
xxxxxxxxxxxxxxxxxxxxxxxxxxxxxxxxxxxxxxxxxxxxxxxxxxxxxxxxxx
xxxxxxxxxxxxxxxxxxxxxxxxxxxxxxxxxxxxxxxxxxxxxxxxxxxxxxxxxx
xxxxxxxxxxxxxxxxxxxxxxxxxxxxxxxxxxxxxxxxxxxxxxxxxxxxxxxxxx
xxxxxxxxxxxxxxxxxxxxxxxxxxxxxxxxxxxxxxxxxxxxxxxxxxxxxxxxxx
xxxxxxxxxxxxxxxxxxxxxxxxxxxxxxxxxxxxxxxxxxxxxxxxxxxxxxxxxx
xxxxxxxxxxxxxxxxxxxxxxxxxxxxxxxxxxxxxxxxxxxxxxxxxxxxxxxxxx
xxxxxxxxxxxxxxxxxxxxxxxxxxxxxxxxxxxxxxxxxxxxxxxxxxxxxxxxxx
xxxxxxxxxxxxxxxxxxxxxxxxxxxxxxxxxxxxxxxxxxxxxxxxxxxxxxxxxx
xxxxxxxxxxxxxxxxxxxxxxxxxxxxxxxxxxxxxxxxxxxxxxxxxxxxxxxxxx
xxxxxxxxxxxxxxxxxxxxxxxxxxxxxxxxxxxxxxxxxxxxxxxxxxxxxxxxxx
xxxxxxxxxxxxxxxxxxxxxxxxxxxxxxxxxxxxxxxxxxxxxxxxxxxxxxxxxx
xxxxxxxxxxxxxxxxxxxxxxxxxxxxxxxxxxxxxxxxxxxxxxxxxxxxxxxxxx
xxxxxxxxxxxxxxxxxxxxxxxxxxxxxxxxxxxxxxxxxxxxxxxxxxxxxxxxxx
xxxxxxxxxxxxxxxxxxxxxxxxxxxxxxxxxxxxxxxxxxxxxxxxxxxxxxxxxx
xxxxxxxxxxxxxxxxxxxxxxxxxxxxxxxxxxxxxxxxxxxxxxxxxxxxxxxxxx

xxxxxxxxxxxxxxxxxxxxxxxxxxxxxxxxxxxxxxxxxxxxxxxxxxxxxxxx
xxxxxxxxxxxxxxxxxxxxxxxxxxxxxxxxxxxxxxxxxxxxxxxxxxxxxxxx
xxxxxxxxxxxxxxxxxxxxxxxxxxxxxxxxxxxxxxxxxxxxxxxxxxxxxxxx
xxxxxxxxxxxxxxxxxxxxxxxxxxxxxxxxxxxxxxxxxxxxxxxxxxxxxxxx
xxxxxxxxxxxxxxxxxxxxxxxxxxxxxxxxxxxxxxxxxxxxxxxxxxxxxxxx
xxxxxxxxxxxxxxxxxxxxxxxxxxxxxxxxxxxxxxxxxxxxxxxxxxxxxxxx
xxxxxxxxxxxxxxxxxxxxxxxxxxxxxxxxxxxxxxxxxxxxxxxxxxxxxxxx
xxxxxxxxxxxxxxxxxxxxxxxxxxxxxxxxxxxxxxxxxxxxxxxxxxxxxxxx
xxxxxxxxxxxxxxxxxxxxxxxxxxxxxxxxxxxxxxxxxxxxxxxxxxxxxxxx
xxxxxxxxxxxxxxxxxxxxxxxxxxxxxxxxxxxxxxxxxxxxxxxxxxxxxxxx
xxxxxxxxxxxxxxxxxxxxxxxxxxxxxxxxxxxxxxxxxxxxxxxxxxxxxxxx
xxxxxxxxxxxxxxxxxxxxxxxxxxxxxxxxxxxxxxxxxxxxxxxxxxxxxxxx
xxxxxxxxxxxxxxxxxxxxxxxxxxxxxxxxxxxxxxxxxxxxxxxxxxxxxxxx
xxxxxxxxxxxxxxxxxxxxxxxxxxxxxxxxxxxxxxxxxxxxxxxxxxxxxxxx
xxxxxxxxxxxxxxxxxxxxxxxxxxxxxxxxxxxxxxxxxxxxxxxxxxxxxxxx
xxxxxxxxxxxxxxxxxxxxxxxxxxxxxxxxxxxxxxxxxxxxxxxxxxxxxxxx
xxxxxxxxxxxxxxxxxxxxxxxxxxxxxxxxxxxxxxxxxxxxxxxxxxxxxxxx
xxxxxxxxxxxxxxxxxxxxxxxxxxxxxxxxxxxxxxxxxxxxxxxxxxxxxxxx
xxxxxxxxxxxxxxxxxxxxxxxxxxxxxxxxxxxxxxxxxxxxxxxxxxxxxxx-
xxxxxxxxxxxxxxxxxxxxxxxxxxxxxxxxxxxxxxxxxxxxxxxxxxxxxxxx
xxxxxxxxxxxxxxxxxxxxxxxxxxxxxxxxxxxxxxxxxxxxxxxxxxxxxxxx
xxxxxxxxxxxxxxxxxxxxxxxxxxxxxxxxxxxxxxxxxxxxxxxxxxxxxxxx
xxxxxxxxxxxxxxxxxxxxxxxxxxxxxxxxxxxxxxxxxxxxxxxxxxxxxxxx
xxxxxxxxxxxxxxxxxxxxxxxxxxxxxxxxxxxxxxxxxxxxxxxxxxxxxxxx
xxxxxxxxxxxxxxxxxxxxxxxxxxxxxxxxxxxxxxxxxxxxxxxxxxxxxxxx
Ich öffne die Augen. Eigentlich bin ich ja kein Trickser, aber Patrick ist weg und ich bin noch da.

75

Später stehe ich wieder auf der Brücke und schmeiße die Waffe in den Fluss.
Sie geht sofort unter.

Auf dem Rückweg ins Hotel denke ich ausschließlich an Königsburg. Ich bin nicht sicher, aber ich glaube, ich habe Heimweh.

Vierter Teil: Zu Hause

76

Zusammengepresstes Rindfleisch klatscht in den Napf.
Lio frisst und tropft Lachen aufs Parkett. Der frische Pulverschnee reicht ihm auf unseren Spaziergängen bis zum Hals. Neuerdings legt er sich gern auf meine Füße, wenn ich im Wohnzimmer sitze und fernsehe. Gestern habe ich ihm wehgetan, als ich aufgesprungen bin, weil bei der Liveübertragung der Herrenabfahrt aus Gröden einer der Favoriten mit über 100 km/h im Fangzaun gelandet ist. Insgesamt scheint Lio aber froh darüber zu sein, dass ich wieder hier bin.

Jan, Maria und ihr Vater holen mich ab. Wir wollen in den Wald, Christbäume schlagen. Ich darf vorn sitzen.
Nach einigen Kilometern, die Marias Vater dank seiner Erfahrung und dem Allradantrieb rutschfrei gemeistert hat, sagt er: »Es ist lang her, dass ihr alle drei bei mir im Auto gesessen habt. Früher wart ihr gesprächiger. Hab euch noch genau im Ohr, zum Beispiel, als ihr mir den lahmenden Igel gebracht habt. Stundenlang habt ihr über seinen Namen gestritten. Wie hieß er zum Schluss? Mikado?«
»Ja, deine Tochter hat auf den Namen bestanden«, sage ich.
»Das stimmt nicht«, sagt Maria.
»Klar stimmt das«, bestätigt Jan. »Wir waren für R2-D2.«
Ich halte Jan meine Hand über die Schulter. Er schlägt ein.
»Die Rückkehr der Jedi-Kinder«, ätzt Maria.

Am Straßenrand steht eine Schneemannfamilie. Irgendein Rabauke hat dem Kind seinen Kopf abgeschlagen. Eine Gruppe Schüler aus dem nahen Wintersport-Internat gleitet auf Langlaufskiern dahin.

»Vielleicht findet ihr heute wieder einen Igel«, sagt Marias Vater.

»Igel sind Winterschläfer«, antworten wir alle drei gleichzeitig.

»Ist also doch was hängengeblieben«, stellt er lächelnd fest.

77

Mit der Rohfassung des Films und Lio an meiner Seite mache ich mich auf den Weg zum Friedhof. Die nächste Generation tummelt sich auf dem Schlittenhang.
»Attacke!« – eines der bunt-vermummten Kinder kracht mit seinem futuristischen Bob ungebremst in eine Mädchengruppe, die dabei ist, Fotos mit ihren Smartphones zu machen.
Der Bruchpilot jubelt in den Trümmern.

Auf halber Strecke helfe ich einer Fahranfängerin, ihr abgewürgtes Auto wieder ins Rollen zu bringen. Sie zittert vor Aufregung, ist dummerweise im steilsten Stück zum Stehen gekommen. Durch das runtergekurbelte Fenster sage ich ihr, dass mir das früher auch passiert ist und sie einfach nur Gas geben und die Handbremse lösen muss. Sie lächelt gequält, ihre Zahnspange wirkt sehr eng, sagt: »Okay, okay.«
Der Motor heult, die Hinterräder drehen durch, brechen aber zum Glück nicht aus, und sie fährt davon. Ein bisschen stolz halte ich meinen Daumen in ihren Rückspiegel.

Ich erreiche das ehemalige Haus meiner Großmutter. Die Heuluke steht offen, mehrere Matratzen liegen darunter im Schnee. Ein weiteres Kopf- oder Fußende wird über den Rand geschoben und landet auf dem Boden. Die Köpfe des hessischen Paares erscheinen.
»Ach, hallo Max. Wie geht's dir denn?«, ruft er angestrengt.

»Besser, danke. Macht ihr zu oder weshalb schmeißt ihr die Betten weg?«
Er winkt mich näher ran, formt eine Flüsterhand: »Wanzen. Der Kammerjäger hat gesagt, da kann man nichts machen außer neu kaufen.«
»Verdammt«, sage ich.
Sie sagt: »Ich weiß beim besten Willen nicht, wo die herkommen sollen. Was Sauberkeit angeht, bin ich total penibel. Wenn sich das rumspricht, können wir die Pension dichtmachen.«
»Das wird schon wieder. Ich sag nix, Ehrenwort.«
Sie sehen mich betroffen an, wie die meisten in den letzten Monaten. Nur bemitleiden sie sich selbst und nicht mich. Es tut fast schon gut, das zu wissen.
»Ich wünsche euch trotzdem frohe Weihnachten.«
»Das wünschen wir dir auch.«
Ich schnippe mit den Fingern und Lio lässt widerwillig von der gelben Pissspur eines anderen Hundes ab.
Ich grüble und grüble, aber die Namen der beiden wollen mir nicht mehr einfallen.

78

Jemand hat bereits eine Kerze für meine Eltern angezündet, der Schnee ist einige Zentimeter um das rote Licht herum geschmolzen. Seit dem Sommer sind zwei neue Gräber hinzugekommen. Ich lese die Namen und Daten auf den Kreuzen, beide waren weit über siebzig, beide habe ich gekannt. Direkt neben Claudia und Hans liegt der Metzgersenior Happle, von dem habe ich beim Einkaufen mit meiner Mutter immer eine Scheibe Wurst bekommen. »Eine nette Kleine«, hat er am Anfang gesagt, und ich hab die Wurst in meinen Mund gestopft und schmatzend protestiert: »Ich bin ein Junge.«
Und noch eins weiter haben sie die verwirrte Frau Dufner begraben, die mich einen Nachmittag lang entführt, mit in ihre Stube genommen und Schokoladenpudding gekocht hat. »Lieber, lieber Rainer«, hat sie wieder und wieder gesagt und mir übers Haar gestrichen. Ihre jüngere Schwester hat mich abends gefunden und nach Hause gebracht. »Die Clara hat ihn für den Rainer gehalten, unseren Bruder, der ist mit acht unter den Zug geraten.« Für mich war die Frau Dufner einfach eine Frau, die prima Pudding kochen konnte. Meine Eltern befinden sich in guter Gesellschaft.

»Hallo Mama, hallo Papa. Viel Schnee dieses Jahr ... keine Sorge, ich schippe und streue, die Nachbarn haben keinen Grund zu meckern ... auf Kreta war es übrigens schön, Hannah ist nett, ich kann euch verstehen ... trotzdem hat es mich umgehauen ... na ja, und jetzt weiß ich noch nicht so genau, erst mal bleib ich wohl hier und ... ach so, ich hab euch was mitgebracht ... stellt euch vor, ich hab einen Film gemacht, wie ich es früher schon wollte. Ich gewinne sicherlich keinen Preis damit, aber ein paar Bilder sind mir echt gelungen ... die Adlerszenen oder ... –«

In der Kapelle schlagen die Glocken aneinander, das machen sie nur noch in der Woche vor Weihnachten. Ich wische mir die Tränen weg und lehne meinen Erstling gegen das Kreuz.

79

Valentin hat sich das Bein gebrochen. Er ist auf einer gefrorenen Pfütze vor der Capri Bar ausgerutscht. Die Lokalzeitung behauptet, er sei »sturzbetrunken« gewesen, er selbst dementiert das. Sie interessieren sich für ihn, weil sein Vater der Senator für Umwelt, Bau und Verkehr ist und Valentin dadurch irgendwie prominent.

»Der Typ, der den Artikel geschrieben hat, war an dem Abend auch in der Bar. Wir hatten mal was, aber es hat mir nicht so gut gefallen wie ihm«, erzählt er mir am Telefon.

Zum Glück ist gerade kein Wahlkampf und sein Vater ziemlich entspannt für einen Spitzenpolitiker. Als ich ihn damals kennenlernte, gab er mir die Hand und zog mich ein Stück zu sich: »Du bist also Valentins neuer Freund. Schön, dass er sich endlich mal ernsthaft auf jemanden einlässt.«

»Find ich auch«, antwortete Valentin für mich und grinste.

Ich nickte höflich, das Personal des Edelitalieners verjagte einen Rosenverkäufer, der sich ins Restaurant geschlichen hatte, und warf entschuldigende Blicke in die Lokalrunde. Ich hätte ihnen gerne meinen Vorspeisenteller an den Kopf geworfen. Wenig später aß ich mit Trüffeln gefüllte Ravioli, die nach Erde schmeckten. Sehr teurer Erde.

Erst nach dem Dessert klärte Valentin seinen Vater auf, der nahm es mit Humor, bestellte Grappa und sagte: »Dann tob dich aus. Du wirst sehen, irgendwann wünschst du dir, dass jemand da ist, wenn du abends nach Hause kommst. Meinst du nicht auch, Max?«

Ich nippte am Grappaglas, es war schon leer, und antwortete: »Meine Freundin hat sich vor einiger Zeit von mir getrennt.«
»Ach je«, sagte Valentins Vater und rief dann: »Francesco, noch drei Grappa, bitte.«

Valentins Handicap bedeutet, dass er Silvester nicht in Königsburg sein wird.
»Das Gelände ist zu steil und eisig für nordische Invaliden«, meint er.
Ich biete ihm an, nach Bremen zu kommen, aber er sagt: »Du warst lange genug unterwegs. Bleib zu Hause.«

80

Seit meiner Rückkehr vor fünf Tagen habe ich damit begonnen, den Hausrat zu ordnen, einige Möbel, unter anderem die Metallhocker aus der Küche, und Klamotten ausgemistet und sozialen Einrichtungen der Region gespendet.
An das Büro meiner Eltern wage ich mich noch nicht heran. Ich habe Angst, versehentlich wichtige Dokumente in den Müll zu werfen oder einen Entwurf, einen Grundriss, zu entdecken, den sie für sich selbst entwickelt hatten. Eine Wohnung in Lindau am Bodensee oder ein restauriertes Winzerhaus im Kaiserstuhl, mit solchen Gedanken für ihr Alter, ihre Zukunft, spielten sie hin und wieder.

Um 18 Uhr kommt ein Simon Billinger, um sich den Golf anzuschauen. Inseriert habe ich den für verhandelbare 700 Euro. Den Kombi behalte ich fürs Erste. Die Leute auf dem Hof brauchen vielleicht bald ein tüchtiges Auto, falls Maria noch ein paar Tiere überfährt.

Nach fünfminütigem Probesitzen besiegeln wir den Kauf per Handschlag. Mir bleiben vier Mix-Kassetten und zwei Wunderbäume.
Simon Billinger ist mit seinem Vater gekommen, hat ihn aber gebeten, im Auto zu warten. Er sagt, dass er das Geld für den Wagen in den Semesterferien selbst verdient hat und nicht will, dass sein »skeptischer Alter« versucht, ihm die Sache auszureden.

»Magst du Britpop?«, fragt er, als ich ihm die Schlüssel überreiche und eine der Kassetten auf dem Boden landet. Sie ist mit »Be Here Now« beschriftet.

»Früher sehr gern«, antworte ich.

»Wir spielen heute mit unserer Band im Bali. Komm doch vorbei.«

Er zieht einen knittrigen Flyer aus seiner Lederjacke.

Live: Our City is the Forest.
Wann: 23. Dezember, 21 Uhr.
Wo: Bali, Mühlenstraße 2, Villingen.
»Bring your friends and dance.
Or just clap your hands.«

81

Obwohl ich Lust habe, gehe ich nicht auf das Konzert.
Zum Fest fahren alle heim, rotten sich, wenn sie genug von der Verwandtschaft haben, im Bali zusammen. Sicherlich würden mir einige Leute, die ich längst und gern vergessen habe, um den Hals fallen und sagen, dass man sich öfter sehen müsse. Jemand würde wissen wollen, wo ich inzwischen wohne, und auf mein »Wieder zu Hause« genauso reagieren wie ich im Sommer, an dem Nachmittag, als Maria den Honig vorbeibrachte.

Auf Sat.1 läuft *Kevin – Allein zu Haus*. Nie zuvor war dieser Film so gut.

82

Der Baum ist mit blauen Kugeln und Strohsternen behangen. Maria wollte es so und uns war es egal. Später sind wir bei ihren Eltern eingeladen, wird es Fondue geben, wie jedes Jahr, mit dem Unterschied, dass es nicht unser Esszimmer sein wird, das nach geschmolzenem Fett riecht.
Ich sitze unter der schmucken Tanne, trinke abwechselnd Kamillentee und Rotwein, versuche die Erkältung im Keim zu ersticken und trotzdem betrunken zu werden. Maria gießt Essig über die Kartoffeln und gibt saure Gurkenscheiben dazu. Lio steht ihr zur Seite, appelliert an ihre Tollpatschigkeit, doch es fällt nichts für ihn ab.
»Das muss jetzt noch zwei, drei Stündchen durchziehen«, sagt sie, nimmt sich auch ein Glas und setzt sich zu mir. Jan kommt rein, schüttelt den Schnee aus seinen Haaren und schichtet das Feuerholz vor dem Ofen auf. Er trägt nicht nur Holzfällerhemden, er spaltet wirklich ganze Bäume und trägt sie herein.
»Ihr fangt schon an zu trinken?«
»Willst du auch was?«, frage ich.
Er nickt und drückt seine Snowboardjacke gegen die Ofenkacheln.

Wir öffnen eine zweite Flasche.
»Hat sie dir was gebracht, deine Reise?«, möchte Jan wissen.
»Ja, ich bin einiges losgeworden.«
»Und der Film?«
»Im Frühling ist Premiere.«

Lio läuft vor der verschlossenen Küchentür auf und ab.
»Der Hund muss raus. Trinkt nicht alles allein, solange ich Gassi bin.«

Kaum vor die Tür getreten, hebt Lio sein Hinterbein und fräst einen gelben Krater in die Schneedecke. Wir machen uns auf, das Haus zu umrunden. Es hat wieder stark zu schneien begonnen, so stark, dass wir nach der Hälfte stehen bleiben. Die Wiese, die später in den Wald mündet, hat sich in eine arktische Ebene verwandelt. Lio bellt ins Leere. Ich sage, dass da nichts ist, und sofort höre ich eine bekannte Stimme flüstern:
»Du solltest es besser wissen, Max.«

Der Schnee knautscht unter meinen Füßen, ein Geräusch, das mich begeistert, so wie pfeifende Amseln und das Ticken der schweren Wanduhr in unserem Wohnzimmer.
Von der Dachrinne hängt spitzes Eis, als hätte das Gebäude einen Kiefer mit durchsichtigen Fangzähnen ausgebildet. Ich greife mir den Besen, der neben der Eingangstür lehnt, und schlage die Eiszapfen weg, die direkt darüberhängen. Irgendwo im Tal fahren Lichtstrahlen durch den Himmel, sendet eine Dorfdisco Signale an all jene, die auch heute nichts Besseres zu tun haben. Lio scheint nicht müde zu werden, setzt erneut zum Kreis an, aber ich habe genug von der Kälte, über die es heißt, dass sie klirrt, obwohl sie stiller nicht sein könnte.

Wieder drin, trockne ich Lios Pfoten mit einem Lumpen ab, dann trete ich meinen Schnee in die Fußmatte. Dabei verrutscht sie ein Stück nach hinten und gibt einen schmutzigen Briefumschlag frei. Adressiert ist das Schreiben von irgendeiner Anwaltskanzlei an Jan. Ich denke darüber nach, ob ich die Post lassen soll, wo sie ist, oder derjenige bin, der den

Abend versaut. Fürs Erste stecke ich den Umschlag in meine Manteltasche.

Je näher ich der Tür komme, desto deutlicher wird, dass dahinter gestritten wird. Maria brüllt: »Jeder merkt, dass du ein Problem hast. Warum redest du nicht mit mir? Ich will dir doch bloß helfen!«
Jan brüllt zurück: »Dann lass mich in Ruhe ... du kannst auch nichts ändern.«
»Woran Jan? Kannst du mir nicht wenigstens das sagen?«
Ich betrete das Zimmer.
»Was ist los?«
»Frag ihn«, fordert Maria.
Ich sehe zu Jan, er sieht zur Seite. Dann steht er auf, sagt: »Ich hol noch mehr Holz«, und knallt die Tür.

Wütend füllt Maria ihr Glas auf und nimmt einen großen Schluck.
»Bin ich so scheiße, Max?«
»Nein, bist du nicht.«
»Weshalb spricht er dann nicht mit mir?«
»Über manche Dinge will man nun mal nicht sprechen. Das kennst du doch.«
»Und wenn du es versuchst? Vielleicht ist das ja so ein Männerding.«
»Das glaube ich zwar nicht, aber ich kann's probieren. Nur warum sollte er ausgerechnet mir mehr sagen als dir? Du bist doch viel näher an ihm dran.«
»Das Gefühl hab ich nicht mehr.«

Wir packen Geschenke und Essen in Körbe und ziehen uns an. Jan ist schon draußen, vielmehr immer noch. Durch seinen

Ärger scheint er unermüdlich zu sein. In kurzen Abständen klackt die Axt durch das Holz. Als wir vor ihm stehen, ignoriert er uns, stellt einfach nur Klotz nach Klotz auf den Schlagstumpf. »Kommst du, Jan?«, fragt Maria weich.
Mit dem Jackenärmel wischt er den Tropfen unter seiner Nase weg. »Ist besser, wenn ich hierbleibe. Ich will euch den Abend nicht verderben.«
»Na gut. Nur siehst du das falsch. Du verdirbst den Abend eben gerade dadurch, dass du hierbleibst.« Sie ist den Tränen nah. Ich flüstere ihr zu: »Fahr du mit Lio schon vor. Wir kommen nach.« Traurig nimmt sie mir meinen Korb ab und geht.

»Glaubst du nicht, dass das jetzt genug ist? Es ist kalt, lass uns reingehen.«
»Also ich schwitze, Flieger. Und ich mach weiter, soll nämlich nicht wärmer werden in der nächsten Zeit.«
»Gut, aber dann lass mich wenigstens mithelfen.«
Er legt die Axt auf seine Schulter.
»Du kannst mir das Holz angeben.«
Ich stelle es hin und er schlägt härter zu als nötig. Eine Weile geht das so, dann lege ich statt dem Holz den Briefumschlag auf die Fläche.
»Was ist das?«
»Sag du's mir.«
Ruppig greift er das Kuvert und knüllt es in seine Tasche.
»Geh einfach zum Essen, Flieger.«
»Nicht ohne dich, Kranig.«
Er schlägt die Axt in den Stumpf.
»Was willst du hören?«
»Was dich bedrückt.«
»Also gut, wenn du dann Ruhe gibst.«

Wieder im Haus, behalten wir die Jacken an, stehen wir uns gegenüber. Abwechselnd trinken wir den Rest aus der Weinflasche und Jan beginnt zu sprechen: »Ich hab dir ja erzählt, dass ich den Hof geerbt habe.« Ich nicke. »Leider war das nicht alles, was mir Karl hinterlassen hat.« Mit einer Handbewegung fordert er die Flasche von mir und schluckt hastig. »Ich versteh nicht ganz«, sage ich, bemerke, dass Erkältung, Alkohol und Nikotin sich allmählich auf meine Stimme auszuwirken scheinen. Er fährt fort: »Außer dem Hof hab ich auch jede Menge Schulden mitbekommen ... wenn man erbt, erbt man alles, du weißt das sicher.«

»Ja, weiß ich. Aber warum hast du das Erbe dann nicht ausgeschlagen ... er hätte doch wissen müssen, was er dir damit zumutet, oder nicht?«

»Karl hat es gut gemeint, da bin ich mir absolut sicher. Er wollte einfach nicht, dass ich wieder ohne Zuhause dastehe, und den Hof in guten Händen wissen. Aber die haben ihn zuletzt so mit Schmerzmitteln vollgepumpt, dass er den Rattenschwanz vergessen haben muss, der da mit dranhängt ... und ich hatte natürlich die Wahl, das Erbe nicht anzutreten, hab gewusst, worauf ich mich einlasse ... ich schaff das schon irgendwie, hab ich gedacht ... wenn ich nur nicht wieder hier wegmuss ...«

Ich weiß nicht, was ich sagen soll, und bin ehrlich gesagt nicht gerade froh, jetzt Bescheid zu wissen.

»Du musst mich für komplett schwachsinnig halten«, sagt Jan und guckt auf den Boden.

»Nein, es ist nur ... und wenn du den Hof verkaufst?«

»Kommt nicht in Frage. Mittlerweile ist das hier ja auch nicht mehr nur mein Zuhause.«

Er kann die Tränen nicht länger zurückhalten und mir fällt nichts anderes ein, als die Flasche von seinen Fingern zu lösen und ihn in den Arm zu nehmen.

Eine halbe Stunde später, Maria drängelt seit drei Kurznachrichten, habe ich ihn dazu gebracht, doch ins Auto zu steigen. Im Schritttempo rutschen wir den Berg runter, wäge ich die Möglichkeiten ab. Niemals würde er mich seine Schulden, die ja eigentlich gar nicht seine Schulden sind, begleichen lassen, und wie ich ihn dazu bringen könnte, darum zu wetten und gegen ihn zu verlieren, denn somit wären es meine Ehrenschulden, will mir auch nicht einfallen.

Ich bin tief in den Rettungsgedanken versunken, da schreit Jan plötzlich: »Pass auf, Max!«

Vor uns auf der Piste, die einmal eine Straße gewesen sein soll, steht ein Hirsch im Lichtkegel der Scheinwerfer. Ich bremse und hupe und der Hirsch springt davon und nach einer Pirouette bleiben wir stehen. Und auf einmal weiß ich es.

»Alles klar?«, fragt Jan.

»Alles klar«, antworte ich.

Epilog: Premiere

83

Dann ist Frühling, sitzen wir in unserem Garten.
Valentin und ich justieren die Leinwand, Timon, der frischgebackene Abiturient, ist für unbestimmte Zeit zu Besuch und schließt den Beamer an, Julia gibt Paul die Brust, während Pelle, der jetzt für immer Ferien hat, versucht, Anton einen Ollie beizubringen, ihm dafür vorsichtshalber meinen alten Kinderfahrradhelm aufgesetzt hat, und Lio bellt die Frisbeescheibe an, die auf dem Terrassenholz herumliegt. Er hält sein Spielgerät für ein Tier – er wird blinder und blinder, sagt der Tierarzt.
Peng!
Maria lässt einen Sektkorken knallen, aber wir können nicht anstoßen, bevor Jan von den Bienen zurück ist. Er muss sich noch daran gewöhnen, dass er die nun nicht mehr zu Fuß erreichen kann. Es wäre zu kompliziert gewesen, das Bienenvolk umzusiedeln, noch um einiges komplizierter als bei ihm. Er hat mit sich gerungen, aber schlussendlich ging es weniger um den Hof an sich, sondern um die Menschen darauf. Und weil auch ich ein Haus geerbt habe, das für mich allein viel zu groß ist, konnte ich ihn davon überzeugen, gemeinsam mit den anderen hier einzuziehen.
Zum Glück hat den Hof ein junger Biobetrieb aus dem Allgäu gekauft, der über die eigenen Hügel hinaus expandiert und Jan nicht nur die Schulden abgenommen, sondern ihm obendrein eine Stelle angeboten hat. Er wird jetzt fürs Imkern bezahlt, das würde Karl sicherlich auch gefallen.

Aus dem Büro meiner Eltern haben wir zwei Zimmer gemacht, eins für Maria, das andere für ihn. Manchmal schlafen wir zu dritt in einem Bett. Anton, Julia und Paul haben das Schlafzimmer meiner Eltern bekommen und arbeiten bereits fleißig an Pauls Nachfolger. Valentin ist noch nicht bereit, die Stadt zu verlassen, leider. Seit er heute Morgen angekommen ist, hat er Timon mehrfach angeboten, bei ihm zu wohnen, bevor der im Oktober nach Kiel geht, um Meeresbiologie zu studieren. Ich habe angefangen, meinen zweiten Film zu drehen, begleite ab und zu Marias Vater, der genau weiß, wo Ameisen Weißtannen hochklettern, um Honigtau aus Läusen zu melken, wo man mit viel Glück noch einem Auerhahn begegnen kann oder wann die Stare im Formationsflug vorüberziehen. Maria sagt, ich soll mich an der Filmakademie bewerben. Ich denke darüber nach.

Jan ist zurück, der Film kann starten. Ich will vorher ein paar Worte sagen, da saust etwas knapp an meinem Kopf vorbei. Ich drehe mich um und werde am Bauch getroffen. Hinter der Nachbarhecke hat eine Bande Stellung bezogen und schmeißt Tannenzapfen auf uns. Ihr Anführer ruft: »Feuer frei!« Julia bringt sich und das Baby in Sicherheit, flieht ins Haus. Ich suche Deckung hinter einem Klappstuhl. Es sind vier Jungen mit kriegsbemalten Gesichtern. Der Anführer meldet sich erneut: »Ergebt ihr euch?« Ich sehe die anderen an, sie schütteln die Köpfe und Jan antwortet laut: »Niemals.«
Wir erwidern das Feuer.

0

Die Eltern von Tim wollen mich nicht anzeigen. Sein Vater hat gesagt, dass Indianer keine Schmerzen kennen und damit rechnen müssen, verwundet zu werden. Ein kluger Mann.
Ich habe Tim angeboten, ihm das Schießen beizubringen. Auf seinen Gips deutend, sagte ich: »Du trägst jetzt eine Maske, das ist eine gute Voraussetzung. Viele Helden tragen eine.« Er hat eingeschlagen und kurz gelächelt. Wir werden mit Stockenten beginnen. Mit Spucke.

Auf der Rückfahrt redet Maria sehr viel, aber ich höre nur meinen Vater, der sagt: »Du bist ein wirklich guter Schütze, Patrick.«
Ich gebe Gas.

Ich danke:

Mama und Papa, meinen Schwestern Franziska und Frederike, Christa Hischmann, meinen Großmüttern, Daniel Sommer, Felicitas Winker, Leif Randt, Thomas Klupp, Anvar Cukoski, Andreas Paschedag, Birgit Schmitz, Georg M. Oswald, Jonas Bohlken, Julia und Mathias Hartmann, Nelly Dongus, Stephan Framke, Kerstin Grießhaber und Nils Carstens, Andrés Pinto Alvaro, Stefan Schmied, Hanna-Lisa Trapp, Jonas Reichmann, Anna Hirssig, Louise Schubotz, Sabine Küntzel, Matthias Nizinski, Laura Klatt, Caroline Riggert, Markus Ziegler, Phillip Hartwig, Sebastian Polmans, Gereon Rahnfeld, Lilli Gärtner, Moritz Hanke, Sandra Gugic, Magdalena Schrefel, Paul Jandl, Familie Sommer, Edenkoben, Elliott Smith, Bret Easton Ellis, Gus Van Sant – LOVE!

Der Abdruck des Zitats auf Seite 98 stammt aus dem Buch *Wunderbare Reise des kleinen Nils Holgersson mit den Wildgänsen* von Selma Lagerlöf, übersetzt von Pauline Klaiber und erstmals 1920 erschienen bei Albert Langen, München.